朝日新書
Asahi Shinsho 070

漱石夫妻　愛のかたち

松岡陽子マックレイン

朝日新聞社

目次

序にかえて

第一章　漱石について聞いたこと、思ったこと

第二章　祖母鏡子の思い出

第三章　母筆子の思い出

写真提供
日本近代文学館＝17p上, 33p, 41p, 49p, 53p, 91p, オビ
新宿歴史博物館＝17p下
朝日新聞社＝23p, 55p
著者＝94－95p, 157p, 173p, 195p

序にかえて

漱石の死後九十一年たって

漱石の死後九十一年たった現在でも、日本には数多くの漱石についての文学研究者がおり、夥《おびただ》しい数の評論や伝記があって、文芸誌の特集などもいれると、いまだに毎年三十冊ほども出版されているときいている。漱石の作品がこれほど長く愛読され続けていることを、読者の一人として、また孫として喜ばしく思っている。

生きている漱石に直接会った人は、今はもう誰もいないだろう。漱石は一八六七（慶応三）年に生まれ、一九一六（大正五）年に四十九歳という若さで他界した。もし生きていれば、今年（二〇〇七年）で百四十歳になる。

漱石の長女である私の母も弟妹たちもそれぞれ数人の子供をもうけたが、それは皆漱石の死後だったから、彼はどの孫の顔も見ていない。長男純一（母の弟）が一九九九年に九十一歳で逝ったが、おそらく生きた漱石を知っていた最後の人だったに違いない。

五歳年上で初孫にあたる私の姉も二歳年上の兄も今はこの世にない。私より二歳年上と同年の従姉たちと私が、昔の夏目家を、ひいては若かった祖母や母、叔母叔父を通して、漱石が実際に生きた様子などを記憶にとどめているのみであろう。

祖母や叔父伸六《しんろく》も、漱石の思い出を本にまとめているし、文学評論や伝記は今まで出版されてきた多くの本を参考にしていただくことにして、本書では、祖母の鏡子、父母、叔父、叔母、また他の親戚といった、身近な人たちから漱石について聞いたこと、また漱石の作品を読んで私自身が長年考えたこと、幼い頃から頻繁に訪れ、私が渡米する前の数年間をともに暮らした祖母鏡子のこと、最後に、漱石の長女として生まれた母筆子について、思い出すことを書き綴り、本書をまとめたい。

母の記憶の中の漱石

私は、終戦の年に津田塾専門学校（現津田塾大学）を卒業し、その後は翻訳、通訳などの仕事をしていたが、一九五二年にガリオア（現在のフルブライト）資金でオレゴン大学に留学した。その後、アメリカ人と結婚し、オレゴン大学で日本語や日本の近代文学を日本語で三十年ばかり教え、もう五十年以上もアメリカで暮らしている。

日本の学校での寮生活と卒業後に祖母と住んだ数年を除いて、渡米までの生活の大部分を母と暮らしたので、母から聞いた話は今でもはっきり覚えている。不思議なことに、幼い頃に聞いた話を、殊更《ことさら》よく覚えている。

私の母が父親を亡くした時には十七歳だった。漱石の子供の中で一番最後まで存命だった純一叔父は、父親が亡くなったときは、まだほんの九歳だった。六人（実際には七人だが、末娘の雛子《ひなこ》は一年八カ月で夭折）いた子供のうちでは、母が一番漱石についての記憶が多いと思う。

渡米後も日本へ帰国した際に、父の死後、妹末利子の家で世話になっていた母は、漱石についていていろいろ話してくれた。年をとった老人によくあるように、母も同じことを何度も繰り返しがちだったし、時にはその話が前と少々くい違ったこともあったが、母と過ごす限られた時間の中で、繰り返し聞かされる話に興味はつきなかった。

今にして思えば、母からだけでなく、叔父、叔母たちからももっと聞いておけば良かったと後悔することがたくさんあるが、全員が鬼籍に入った今は、もう後の祭りだ。私自身もかなりの年になったので、そのうちかつて聞いたこともどんどん忘れていくだろう。

今のうちに、少しでも覚えていることを書き留めておこうと思っていた矢先のことである。二〇〇五年、ポーランドのポズナニ市にある、アダム・ミツキエヴィッチ大学で行われた漱石シンポジウムに呼ばれた。このシンポジウムは、一九〇五年に『吾輩は猫である』が俳句文芸雑誌『ホトトギス』に載せられてから、ちょうど百年目にあたることを記念して開催された。ワルシャワ大学の日本文学教授ミコライ・メラノヴィチ氏による、『吾輩は猫である』のポーランド語訳もこの年に完成し、翌二〇〇六年に出版された。ポーランドではすでに、同教授によって『こころ』と、モニカ・シフルスカ教授によって『三四郎』が訳されている。漱石文学が世界の数カ国で徐々に訳され、多くの読者に読まれていくことは喜ばしい。

この学会に出席した後、古都クラコーフと首都ワルシャワでも漱石について講演した。ワルシャワでは特に漱石の家族について話してほしいと請われて、一時間ほど話した。帰宅後にその原稿に手を加えたのが本書のもとになった。

祖母に『漱石の思い出』という本がある。漱石の次男伸六が〈母に自分の話を、これ程手ぎはよく纏めあげる才能がある筈もなく、これは皆松岡さんが、その話を聞いて纏めたものである〉と角川文庫版（一九六六年）の解説でも書いているように、私の父、松岡譲が漱石の作品を細かく分析し、その後で少しずつ祖母から話を聞くという方法で本の形にした。

もちろん私は祖父である漱石の直接の記憶はまったくないし、文学者としての夏目漱石は広く流布している。祖父と呼ぶことに躊躇するところもあるので、彼について書くときは、多くの読者と同じように、「漱石」と一般化することにした。

今年二〇〇七年は漱石が朝日新聞社に入社してから、ちょうど百年目にあたるそうだ。偶然にもその記念の年に、漱石と家族について書いた拙著を朝日新書から出すことに、何かの縁を感じている。

私は日本で過ごした二十数年の、二倍の年月をアメリカで過ごし、また、二〇世紀をまたぎ、世界が様変わりした二一世紀まで生き延びてしまっている。二一世紀のアメリカに住む一人の日本人女性の書く文章として、読んでいただければ幸いである。

第一章

漱石について聞いたこと、思ったこと

私は生きた漱石には接していない。しかし、本章では、祖母や母たちの思い出話を通して、生きた漱石の姿をかたちづくる試みをしてみたい。

借家住まいの漱石

ここ数年私は、年に一度、時には二度ほど日本に戻り、懐かしい人たちとの旧交を温めている。二〇〇五年五月、ちょうど日本に帰っていた私は、「漱石山房」復元の計画が進行中であることを、新聞記事で読んだ。朝日新聞ではかなり大きく扱われていて、現在土地を所有する新宿区による、旧居跡の復元計画について詳しく書かれていた。

「漱石山房」とは、漱石が一九一六（大正五）年に亡くなるまでの、最後の九年間を過ごした家である。新宿区早稲田南町七番地にあり、今は漱石公園と呼ばれる小さな公園になっている。

漱石は死ぬまで借家住まいで、自分の家を持たなかった。この家も借家で、漱石の生家にもほど近く、朝日新聞社入社後に移り住んでいる。書斎の山房では、まず『坑夫』、それに続いて『三四郎』『それから』『門』の三部作、『彼岸過迄』『行人』『こころ』『道草』

そして最後の未完の小説『明暗』などなど漱石の代表作がすべてここで書かれた。また小宮豊隆、森田草平をはじめ、当時まだ若かった芥川龍之介など多くの門人や知人が集《つど》った家である。小説家・夏目漱石としての活動のほとんどの期間をこの家で暮らした。毎週木曜日は「木曜会」と称し、面会日にあてていた。その日は弟子たちや面会者でにぎわったという。随筆『硝子戸《ガラスど》の中《うち》』では、当時の家の中の様子が書かれている。ちなみに、『吾輩は猫である』が書かれたのは、以前に住んでいた千駄木の家で、現在その家は愛知県犬山市の明治村に移築されている。

漱石没後二年ほどして、祖母がこの借家を買い取って大きな家を建てた。残念ながら私の記憶にあるのは、漱石山房の後に建てかえられた、この大きな家の方である。

私の帰国をきいて京都から東京まで会いに来てくれた友人が、前もって新宿区の復元係の人と話をつけてくれていたので、私たちが新宿区役所を訪れると、係の方が我々を車で漱石公園まで連れて行ってくれた。

この地を訪れるのは本当に久しぶりのことだった。私はここで生まれたばかりでなく、小学校の低学年の頃までは、まだここに住んでいた祖母を訪ねて、毎週末や学校が長い休みになるたびに、泊まりに来ていたので、懐かしい場所だった。

現在は、敷地の一部に区営アパートが建ち、たいそう広いと思っていた敷地も、私の記憶よりもずっと小さかった。昔の家屋敷とはすっかり様子が変わっていたので、正直に言えば、少々がっかりしたことも確かである。

数年前、アメリカの大学の教職を退く際に、社会保障法の年金をもらう準備のため、日本からの戸籍抄本を取り寄せた。それをみると、出生地の欄に「牛込区早稲田南町七番地」とあった。牛込区は戦後の合併で新宿区となったが、牛込区には尾崎紅葉といった文化人が住み、近くの小石川区には印刷所や出版社などが集まっていた。

五つ年上の姉と二つ年上の兄も、両親が祖母たちと同居していたときに生まれているが、彼らは近くの病院で生まれている。私がなぜ上の二人と同じように病院で生まれなかったかというと、私の生まれる前年（一九二三年）九月一日の関東大震災で、病院が焼け落ちてしまったからだと母から聞いた。

私が生まれたのは、漱石山房の後に建てられた家だった。この家については後に詳述するが、正面からみて右側に、古い家から切り離された漱石の書斎と客間がそのまま残されていた。ここで、毎月、漱石の死後に、「九日会」が開かれ、門人たちが集まっていたのを私は今でもよく覚えている。「九日会」とは漱石が十二月九日に亡くなったので、門人

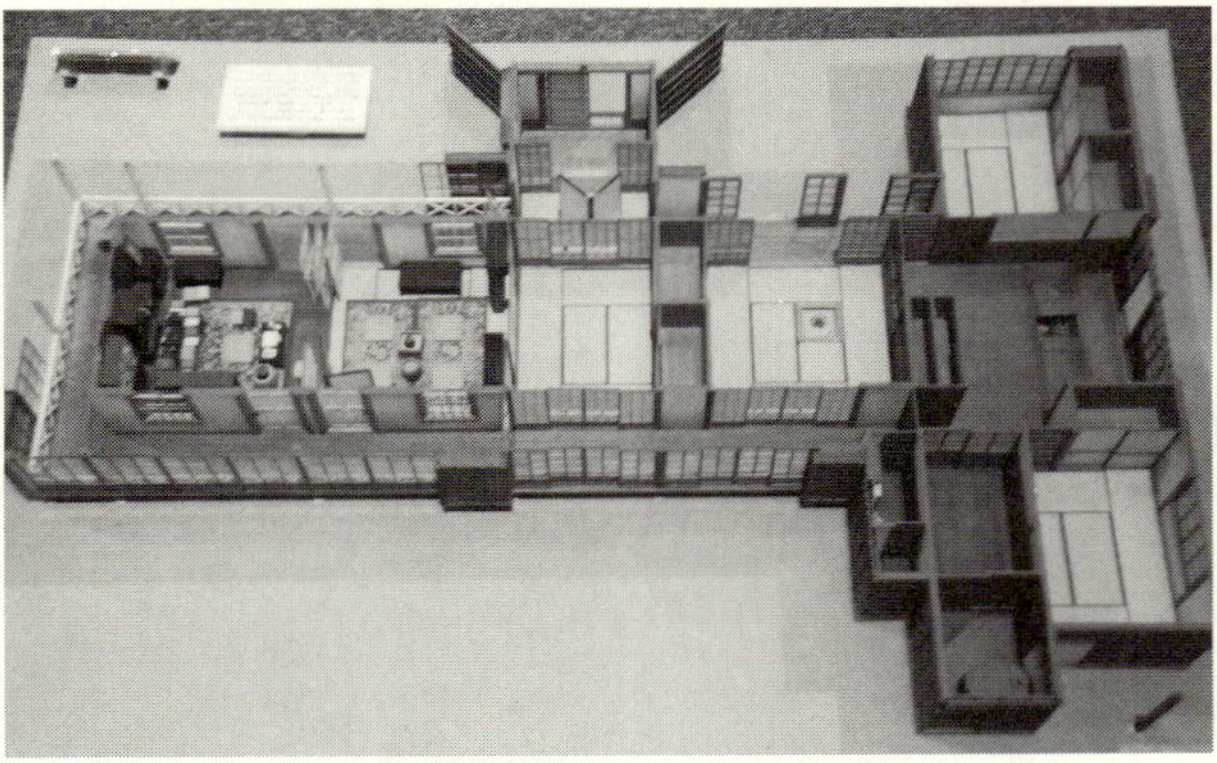

上＝1914（大正３）年、漱石山房にて。
下＝早稲田南町の家の復元模型。
左の二間が漱石山房。上の写真では左側の書斎から客間に向かっている。

たちが、かつての「木曜会」を「九日会」と名称を改めたのである。
懐かしい記憶の中の漱石の書斎である。山房の復元が待ち遠しい。

漱石生前の経済状態

漱石は生前から小説家として名をなしたが、経済的にはあまり楽とは言えなかったらしい。末娘が夭折した後でも、二歳ずつ離れた（純一と伸六は年子）子供が六人もいては、暮らし向きはさぞ大変だっただろう。

母の筆子は、漱石の肖像が千円札になることが決まった時、『文藝春秋』（昭和五十六年九月号）で次のように語っている。

〈売れっ子作家といったら、長者番付の上位にランクされ、宏壮な邸宅を構え運転手つきの高級車にお乗りになり、夏は軽井沢の別荘で執筆なさるという優雅な生活が連想される昨今ですが、明治時代に一般に人々が小説家に抱いたイメージときたら、裏長屋の一室で破れ障子を背にして顔色の冴えない男が、ゴホンゴホンと咳をしながら執筆している姿でした。

幸い父は物書きである以前から教師という定職を持っていましたから、破れ障子の裏長屋よりはましな暮らしをしておりましたが、小説家になってかなり名が売れてからも持ち家を買う余裕などなく、一生借家住いでした。初めての小説「猫」を書いた千駄木の家も、次に越した西片町の家も、亡くなる迄住んでいた早稲田南町の家も、住宅事情が違いますから現在の基準からいけばかなり宏いのでしょうが、当時としては極《ご》くありきたりの質素な借家に過ぎません。今流に直せばさしずめ2DKか3DKの公団アパートと云ったところでしょうか。〉

漱石自身、一九一四（大正三）年三月二十二日に「文士の生活」という題で大阪朝日新聞に、早稲田南町の家について次のように書いている。

〈私が巨万の富を蓄えたとか、立派な家を建てたとか、土地家屋を売買して金を儲けて居るとか、種々《いろいろ》な噂が世間にあるようだが、皆嘘だ。

巨万の富を蓄えたなら、第一こんな穢《きたな》い家に入って居はしない。土地家屋などはどんな手続きで買うものか、それさえ知らない。此家だって自分の家では無い、借家である、月々家賃を払って居るのである。世間の噂と云うものは無責任なものだと思う。

……

衣食住に対する執着は、私だって無い事は無い。いい着物を着て、美味《うま》い物を食べて、立派な家に住み度いと思わぬ事は無いが、只それが出来ぬから、こんな処で甘んじて居る。……

……私は家を建てる事が一生の目的でも何でも無いが、やがて金でも出来るなら、家を作って見たいと思って居る。……

此家は七間ばかりあるが、私は二間使って居るし、子供が六人もあるから狭い。……地坪は三百坪あるから、庭は狭い方では無い。……

私はもっと明るい家が好きだ。もっと奇麗な家にも住みたい。私の書斎の壁は落ちてるし、天井は雨洩りのシミがあって、随分穢いが、別に天井を見て行って呉れる人もないから、此儘にして置く。何しろ畳の無い板敷である板の間から風が吹き込んで冬などは堪らぬ。光線の工合も悪い。此上に坐って読んだり書いたりするのは辛いが、気にし出すと切りが無いから、関わずに置く。……別に私がこんな家が好きで、こんな暗い、穢い家に住んで居るのではない。余儀なくされて居るまでである。〉（『漱石人生論集』講談社文芸文庫）

仕方がないと諦め、この家の書斎で我慢しながらも、一応はその大きさ（父松岡譲の

『ああ漱石山房』によれば十畳）には満足していたのかもしれない。というのは、芥川龍之介が『漱石山房の冬』の中で漱石の言葉として次の一文をあげている。

〈京都あたりの茶人の家と比べて見給へ。天井は穴だらけになつてゐるが、兎に角僕の書斎は雄大だからね。〉（『芥川龍之介全集6』岩波書店）

最近、京都の茶道家で漱石研究家のブログを読んでいたら、こんなことが書いてあった。漱石は、画家の友人、津田青楓《せいふう》の兄、西川一草亭《いっそうてい》とも親しくなった。西川一草亭は、華道・去風流家元であり、表千家の茶人でもあった。

「漱石が京都に来て、この一草亭の自宅を訪ねた記録が残されています。……茶事の様式で漱石は出された懐石を口にします。はじめての体験でひどく窮屈だったようです。そして最後に『此処の家賃はいくらするか』と尋ね、『こんな家は只でも嫌だね』と云って心から嫌な顔をした（西川一草亭「漱石と庭」『落花帚記』）」

芥川に向かって、自分の書斎と茶人の家を比べて話したということは、この一草亭宅での経験からではないだろうか。

たいそう失礼なことを平気で言う漱石は礼儀を欠いているが、同時によほど正直な人だったとも言える。

また『草枕』の中では、茶道についての考えを表している。

〈……世間に茶人ほど勿体ぶった風流人はない。広い詩界をわざとらしく窮屈に縄張りをして、極《きわ》めて自尊的に、極めてことさらに、極めてせせこましく、必要もないのに鞠躬如《きっきゅうじょ》（注・身を屈して畏まるさま）として、あぶくを飲んで結構がるものはいわゆる茶人である。〉（岩波文庫）

この一草亭という人は、自身も茶人でありながら、茶人の高慢を厳しく批判したそうだ。それは彼が一九三〇（昭和五）年に創刊した『瓶史』という挿花、茶道、建築などの日本文化研究の季刊誌の中での以下の引用からもよく分かる。

〈兎に角人間が、お互に自分の地位の高い低いとか、貧乏とか、金持とか、そう云ふ優劣、勝敗の念を離れて、只一個の人間として――茶を飲んで、飯を食つて、あゝ愉快だと思へば、夫で茶の目的は終るのだらうと思ひます。〉

まるで、漱石自身の文章といって不思議ではないほど、人間平等という理念は一致している。漱石が『草枕』で茶人を思い切りけなしてはいるが、一人の人間としての一草亭には多大な敬意を表していたのも、この思想の共通を認めてのことだろう。「牡丹剪《き》って一草亭を待つ日かな」という画賛を一草亭に送っている。

山房の廊下でくつろぐ漱石。

漱石は形式張ったことを嫌ったと、祖母は『漱石の思い出』（以下『思い出』）の中で語っている。そのような性格から、茶道を好まなかったのかもしれない。しかし一方で、このような逸話も『思い出』の中には書かれている。

〈……陛下がお通りになるというので……みんな門のところにならんで、御送迎申しあげました。夏目もいっしょにならんでおりましたが、そのうちにいつの間にやら姿が見えなくなりました。……母が、

「儀式ばったことがうるさいので隠れたのかもしれないよ」

と申しておりますうちに、白茶《しらちゃ》けた仙台《せんだい》平《ひら》の袴《はかま》を浴衣《ゆかた》の上につけて、たいそう改ま

って出て参りました。

……

「熊本のような片田舎《かたいなか》にいると、陛下の行幸を拝するというような機会がありませんからね」

と申しまして、たいそう几帳面《きちょうめん》に御送迎申しあげたそうです。〉（文春文庫）

本来は形式張ったことが好きでなくても、几帳面ではあったようだ。祖母の目からみた漱石は、するべきことをきちんとした人だったということが伝わってくる。

おしゃれな漱石

母は幼い頃、薄暗いランプの明かりの下で、毎晩遅くまで縫い物をしていた祖母の姿を見ていたという。母の幼い頃というと、明治の後半のことである。当時は今のように既製の子供服など買える時代ではなかった。特別なよそ行きでもない限り、仕立て屋に頼むこともなかった。夫の漱石をはじめ、はじめは七人、後でも子供たち六人と自分自身も入れて、一家全員の着物を祖母が縫っていた。漱石唯一の自伝的小説といわれる『道草』の中でも、祖母がいつも縫い物をしているシーンが出てくる。

祖母が一度、「お父様は、なかなかおしゃれだったんだよ」と言ったことが私の記憶にある。夫が他界した後も、祖母はいつも家族の中では漱石を「お父様」とよんでいた。漱石は生前孫がいなかったから、祖母が私たちに話すときもいつも、「お祖父様《じい》」ではなく「お父様」と話してきかせた。

若かった私は好奇心に欠けていて、漱石がどうおしゃれだったのか聞かなかったことが残念だ。しかし、肌ざわりが心地よい、軽い絹物の生地《きじ》を好んだという祖母の話は、印象深く残っている。

『思い出』にもしばしばそのことが出て来る。

〈それから非常に渋好みのくせに大のおしゃれで、着物などは自分でいい着物を着ることも好きでしたし、子供たちなんかに美しいものを着せて眺めるのも好きのようでした。よく私が新しい着物をこさえてやったりしておきますと、それが大の自慢で、おい、小宮、こんどこんないい着物をこさえたから見せてやろうといったぐあいで見せびらかします。〉

〈そのころ（注・一高で教えていた頃）の夏目はいわゆるハイカラで、尖《さき》の細い沓《くつ》をはいて、爪先《つま》ですっすっと廊下を気取って歩いていたものだとかいうことです。〉（文春文庫）

夫がおしゃれで、着るものにうるさかったことが、祖母が縫い物に身を入れた理由かもしれない。「文士の生活」の中でも、〈美服は好きである。敢て流行を趁《お》う考も無いし、もう年を取ったからしゃれても仕方が無いと思って居るので妻のお仕着せを黙って着て居る〉（『漱石人生論集』講談社文芸文庫）とあるので、祖母も縫い甲斐《がい》があったということだろうか。

そもそも祖母自身、裁縫が好きだったのかもしれないと思うことがある。というのは、祖母はかなりの年になっても、昔からの習慣からか、よく針仕事をしていた。もう着物を縫うことはしていなかったが、誰も着なくなった絹の着物をほどき、それを小さな四角に切って薄い裏紙をつけ、今でいうキルトのようなものを作っていた。それらを継ぎ合わせ、半纏やどてらなどにしたのは、たぶん当時の女中さんたちであっただろう。

今でも私は、祖母が手ずから作ったキルトの半纏を持っている。四角い絹物の柄の一つ一つを見ては、これはあの叔母が着ていた着物だった、あれはもう一人の叔母の羽織だった、と思い出を甦らせている。もう着ることはないが、大事に引き出しにしまってあり、それを見るたびに、ありし日の祖母や叔母たちを、懐かしく思い出している。

夏目家の食卓

祖母の料理については、ほとんど覚えがない。長い間、お手伝いさんに任せていたが、祖母は凝った料理には興味を示さなかったように思う。当時の日本の家庭でごく一般的な、簡単に野菜を炒めた物や、煮物、煮魚、焼き魚などが毎日のおかずだったのではないだろうか。次の章で言及するが、私の母は、自分の母親が食べ物に細かい神経を持たなかったと言っている。

漱石自身が食べるものにはあまりうるさくなかったのかもしれない。着るものほど、祖母も気を使ってはいなかったようだ。英国での食事が油っこいと日記でも不平を書いているぐらいなので、あっさりした物を好んだのだろう。洋菓子より和菓子を好んだことも、『草枕』の次の節から明らかである。

〈余は凡《すべ》ての菓子のうちで尤《もっと》も羊羹が好《すき》だ。別段食いたくはないが、あの肌合《はだあい》が滑《なめ》らかに、緻密《ちみつ》に、しかも半透明に光線を受ける具合は、どう見ても一個の美術品だ。……西洋の菓子で、これほど快感を与えるものは一つもない。クリームの色はちょっと柔かだが、少し

重苦しい。ジェリは、一目宝石《いちもく》のように見えるが、ぶるぶる顫《ふる》えて、羊羹ほどの重味がない。〉(岩波文庫)

漱石の朝食がパン食だったことは、『吾輩は猫である』(以下『猫』)の中にも出て来る。胃の弱かった漱石は、米食よりパン食の方がもたれなくて良かったのかもしれない。英国での習慣をそのまま持ち帰っている。

母は、『猫』の中で自分がトンコ、すぐ下の妹恒子がスンコとして登場し、「残り物のパン切れにつけようと、お砂糖を、代りばんこにお皿の上に山盛りに盛り上げている間抜けぶりを、猫にあなどられている」場面を、『文藝春秋』(昭和四十一年三月号)で以下のように書いている。

〈今でこそ、やれアメリカだ、ヨーロッパだと一飛びに行ける御時世になってしまいましたが、明治の頃の洋行帰りといったら、それはもう大したハイカラで、従って私の家でも食物からして、父だけは特別待遇を受けて居りました様です。

と申しますのも、私達のおやつは、大体、お茶の間にめいめいの木のお皿が揃えてありまして、その中におセンベ五枚に、ミカン二つとか、焼芋三つ等という程のものしか入って居なかったもので、バナナとか洋菓子とかの到来物は〝ハイカラなお父様しか召し上れないもの〟と決って居りました。
ですから、こちらは幼いながらもそういうものだと一応は観念して居りましたものの、やはり羨しくてたまらず、父の食べる物でしたら、たとえカサカサになったパン一切れでもと、殺到したらしいのです。〉
母が夏目家の食事風景について話したことがあった。父である漱石は、子供たちと一緒の食卓につかず、いつも一人で別のお膳で食べていたそうだ。たくさんの子供がいて、食卓もうるさいぐらいに賑やかだったのかもしれないが、一人だけ離れて食べていた姿には、家族との間に心理的な距離があった淋しい父親の姿が浮かび上がってくる。

お金に几帳面だった漱石

三十八歳で、『吾輩は猫である』を『ホトトギス』に発表した漱石は、一夜のうちに作家として名をなした。続けて『倫敦塔《ロンドンとう》』『坊っちゃん』『草枕』と発表し、人気作家の地位を固めた。四十歳の時に、朝日新聞社入社の話が起こる。それが今からちょうど百年前の、一九〇七（明治四十）年のことだ。

朝日新聞社から誘いを受けた時も、かなりはっきりと収入について交渉している。新聞社から受け取る給料が、家族を養うのに十分であることが分かってから引き受けたと言われている。

当時としては破格の月給二百円、賞与二回が朝日新聞からの給与だった。家族に対して強い責任感を持っていたに違いない。当時は大学、殊に東京帝国大学の教授（漱石はまだ講師で近々教授に昇格することになっていた）は、社会的地位が高く尊敬されており、漱石が大学を辞めて新聞社に入ると発表された時は、大変驚かれたそうである。

他にも、お金と漱石といえば、こんな話が残っている。東京帝国大学入学時に、今で言う学生ローンを貰っていた。当時は「家計が厳しい」と言えば返さなくても良いものを、結婚後に、あまり多くない収入から毎月きちんと返済していたと言われている。きちんと返した人は珍しかったようで、漱石の几帳面さとして祖母は記憶していた。

すべての人がそのように潔癖で責任を持っていれば、今より良い世の中になっているだろう。というのは、アメリカでも学生ローンを受けた人の多数が返済せず、莫大なお金が返済の督促のために使われていると最近の新聞で読んだからである。

律儀な性格だった漱石が、一九八四年に千円札の顔になったのは適切だったと思う。

漱石の西洋かぶれ

作家であっただけに、言葉の使い方には、かなりうるさかったようだ。

子供たちの使う言葉にも非常に厳しく、「あんた」などと子供たちが口にしたりすると、「そんな言葉は日本語にありません。『あなた』と言いなさい」とただちに直された、と母はよく言っていた。

私自身も長年外国で日本語を教えていたため、現在の日本人の多くが、上、下一段活用と四段活用を一緒くたにし、いわゆる「らぬき言葉」を使っているのを聞くと、日本語の乱れにがっかりしてしまうので、漱石の気持ちがよく分かる。

一方で、漱石は当て字を頻繁に使用したので、その点では少々矛盾を感じる。

例えば、『猫』の中でも、「秋刀魚《さんま》」を「三馬」と書いているし、「様子」も「容」の字を使っている。また、ロンドンから出した祖母への忠告の手紙にも、「ただ厳しくしては如何《いか》ん」という記述があり、これはもちろん「いかん」つまり「いけない」という意味の当て字である。他にも、彼の当て字を書き並べたらきりがない。

言葉にはうるさかったが、女子の教育にはそれほど熱心ではなかったことは、祖母の『思い出』の中でうかがえる。

〈女の子のほうは放任主義というのでしょう。いっこう構いつけず、……ただ始め琴など習っていたのを、ピアノがいいとか、ヴァイオリンがいいとかいって変わらせたりしたことはありますが、女の子の教育についてはまずそれくらいのところでした。〉（文春文庫）

『文学論』の序で、〈倫敦《ロンドン》に住み暮らしたる二年は尤も不愉快の二年なり。〉（岩波文庫）と記したことから、漱石は英国を嫌ったように思われがちである。しかし、琴よりピアノとかヴァイオリンに代わらせたという箇所を読むと、事実は、いわゆる「西洋かぶれ」のところがあったのではないだろうか。前に述べたが、母が到来物は「ハイカラなお父様しか召し上れないもの」と言っているように、漱石自身洋行帰りであることをむしろ自負していたのだと私には思える。

また漱石は、母筆子が幼い頃から、ときどき音楽会に連れて行ったそうだ。これも娘に若い頃から西洋文化に触れさせようという、父親の好意であったに違いない。しかし、小さい母が、たぶんドアが開いたのであろう、コンサートの最中に後ろの物音に振り返ったところ、父親の怖い目で睨まれ、あまりの恐ろしさに震え上がったという。この話を何度

1910（明治43）年、
左から漱石、行徳俊則（熊本五高の生徒・行徳二郎の兄）、筆子。

も繰り返し語っていたので、よほど怖い記憶として残ってしまったのだろう。それ以来、父親と音楽会に行くのはただ恐ろしく、音楽鑑賞などまったく楽しめなくなったと言っていた。それでも父親漱石は、一九〇九（明治四十二）年六月二十一日の日記で、妻の鏡子にせがまれて、春陽堂から出た『三四郎』の印税四百円を、当時十歳の筆子の為のピアノ購入にあてている。長女が西洋音楽、ピアノを弾くことにある程度誇りを持っていたに違いない。

娘にはヴァイオリンやピアノをすすめたが、漱石自身は謡《うたい》を好んだことは知られている。先生にもついて習っていたそうだが、漱石の声は悪かったそうだ。家族の者だけでなく、門人の一人、野上弥生子《のがみやえこ》氏も、「先生の謡はお下手だった」と正直に言っておられた。

漱石と英語

娘の教育と言えば、こんなこともあった。

夏休みが始まったばかりのある日、母が英語の教科書を声に出して読んでいたら、漱石から「お前の発音はなかなかよろしい。明日からお父様が英語の勉強をみてあげよう」と声をかけられた。ちょうどその日、母は英語の個人レッスンの先生を頼んできたところだったので、漱石に告げたところ、「それではすぐ断ってきなさい」と言われたそうだ。先生に断ったのはいいが、すぐにも教えてくれるものと待っていたが、全然呼ばれない。結局、教えてもらえたのは、夏休みも終わりに近くなってからだったという。これも母にとってよほど無念なことだったらしく、何度も繰り返し、その話を聞かされた。

それでも母は、漱石に発音が良いと言われたことがよほど嬉しかったのか、後々までこの日のことを覚えていた。私が夏休み中にアメリカから戻っていたある年のこと、母が世話になっていた妹の家に身を寄せていた私に、教え子から電話がかかってきた。彼は、東京のある学校で英語を教えていたアメリカ人だった。

ちょうど母が傍にいたので、受話器を渡したら、喜んで「ハロー」と呼びかけていた。母は"Nice to meet you"というセンテンスも知っていた。ともかく父親に褒められたことがよほど嬉しかったにちがいない。母にとっては、怖いばかりの父親ではなかったのだ。

その電話があった翌日、私の教え子は、自分のクラスで生徒たちに「昨日、漱石の娘と話した」と言ったそうだが、誰も本気にしなかったと、後日、苦笑しながら私に伝えた。

母はフランス国歌"La Marseillaise"もフランス語で覚えており、私に歌ってくれた。

漱石はもちろん、漱石の兄も漱石に教えたくらい、英語がかなりうまかったそうだ。また、母の祖父、中根重一《しげかず》はドイツ語に堪能だったとも聞く。残念ながら母は学ぶ機会を与えられなかったが、案外語学の才能を受け継いでいたのかもしれない。

漱石の三女栄子は、女学校でフランス語を勉強したが、それは「お父様が薦めて下さったから」だそうだ。女子の教育には関心のなかった漱石も、こと語学教育に関してだけは、自分の経験から熱心だったということだろう。後年、栄子叔母はフランス語をさらに勉強し、検定試験にも受かり、フランス語教員免許も持っていた。六人のきょうだいのなかで、一番の勉強家だったようだ。

娘たちと読書

母は学校時代、漱石の娘であることが苦痛だったと言っていた。というのは、母は作文が苦手で、ろくな文章も書けず、提出した文をみた先生に、「貴女は漱石先生のお嬢さんなのに、これはあまりよく書けていませんね」などと言われたそうだ。

天才と言われた人の子供も、同じように天才でなければならないと世間に期待されたら、その子供こそいい迷惑である。母は有名な作家を父親になど持ちたくなかったのだろう。アメリカ大統領になったアイゼンハワーの息子が、有名な父親の息子としてどこへ行っても分不相応に期待され、厭《いや》だったと書いていたのを読んだとき、母の姿と重なった。

私自身も過去に、漱石を祖父に持ってプレッシャーがないかと聞かれたこともあった。私はいつも、はっきりと「いいえ」と答えている。文豪の子供や孫が皆文豪になったら、この世の中は文豪であふれかえってしまうだろう。そんなことはありえないので、期待する方が無理なのである。

祖母は『思い出』の中で、前出のほかにも漱石の娘たちへの教育についてもふれている。漱石は娘たちが本を読む年頃になっても、〈女の子が生はんか文学づいたり、学者づいたりすることをひどく嫌って〉文学書や翻訳書などを読ませなかったそうだ。

だから母や叔母たちは、他の作家の小説はもちろん、父親の作品も生存中はまったく読まなかったにちがいない。母はそれがよほど残念だったのか、自分の子供たちには読むものを制限したことはなかった。

父も同様で、「そんなものを読んでもお前には分からないだろう」と言われたことはあったが、読んではいけないとは口にしなかった。父にそう言われた私が何を読んでいたのか記憶にはないが、たぶん男女間の性描写でも書かれていた小説でもあったのだろうか。当時の女学校低学年の女生徒は、現代の同じ年頃の少女たちよりずっとナイーヴで、大人の男女の行為についても想像もつかなかったから、父はそう言ったのだろうと想像する。

また、本屋さんにだけはつけがきき、子供たちも好きな本を買うことが許されていた。学校の帰りにはいつも駅前の本屋に立ち寄っていた。大正の末期から昭和の初期は円本ブームがあり、私の子供の頃には出版もだいぶ大衆化していたので、本も安価だったのだろう。両親は子供の教育について自由主義だった。

十畳ほどの我が家の大きな客間の壁には本棚が取り付けてあり、そこには父の蔵書がぎっしり詰まっていた。我々子供たちは、そこから何でもとりだして読んでよかった。『チボー家の人々』や、谷崎潤一郎の現代語訳『源氏物語』も父の蔵書で読んだ。後年、アメリカの大学で、フランス文学のクラスをとっていたとき、フランス人の教授が『チボー家の人々』を絶賛していたが、他の学生たちはその作家の、ロジェール・マルタン・デュ・ガールという名前さえ知らなかった。若い頃は、ただ面白さに興奮しただけだったが、今は読む機会をたくさん与えてくれた父に感謝している。

戦争になって、新潟の父の実家に疎開することが決まったとき、父はそれらの本を二束三文で古本屋に売り払ってしまった。私はそのことが非常に残念だったので、最近、私もだいぶ年をとり、目が悪くなってきたのをきっかけに、自分が研究に使った数多くの蔵書を大学の図書館に寄贈することにした。日本にもその制度があるようだが、アメリカでは inter-library loanといって、各大学の図書館間で図書の貸し借りができる。私の蔵書が、アメリカ全土の日本文学を学ぶ教授や学生たちに、末永く役に立ってくれれば本望である。

漱石と野上弥生子

年頃になっても娘たちには文学書を読ませなかった漱石だが、作家の野上弥生子氏にはちがった。野上氏が二十一歳で書いた習作『明暗』に対して、将来小説家として立っていくにあたっての欠点の直し方など、誠に親切な忠告を与えているのは、矛盾してはいないだろうか。野上氏は漱石からの手紙を、自分のいちばん貴重な宝物だと言って大事にしておられた。

一度私は野上氏に、漱石は自分の娘には文学書を読ませなかったのに、そんな親切な忠告の手紙を小母様《おばさま》に送ったのはおかしいですね、と言ったことがある。野上氏は、「書くということは非常に苦しいことなので、先生は自分のお嬢さんたちにはそんな辛い思いをおさせになりたくなかったのでしょう」と好意的に解釈しておられた。しかし私には、小説を読みたい年頃の娘にその機会を与えないのは、娘たちの想像力をふくらませる楽しみを奪ったようで、母たちが可哀想に思えて仕方がない。

野上弥生子氏は非常に幸運な道を歩まれた方だと思う。女子の教育にみんなが理解があったとは思えない時代に、大分の田舎から十五歳の彼女を東京の女学校で教育を受けさせてくれた両親をもち、同郷の野上豊一郎と結婚後も、夫の文学的環境の中で作家を志した。その縁で漱石に師事し励まされた。また、『青鞜』創刊にも協力し、女性の自立を模索しながら、百歳近くまで小説家の道をつき進んだ彼女は、自分の道を歩みつづけた幸運な方だった。

息子たちへの教育

娘たちとは違って、息子たちの教育には非常に熱心だったそうだ。

長男純一と次男伸六とともに、小学校ではフランス語を、中学では英語を習わせると力を

1914（大正３）年、漱石と長男純一（右）、次男伸六。

入れて、暁星《ぎようせい》付属小学校に入れたのだと母からきいた。

しかし二人ともあまり勉強が好きでなく、思ったようにはいかなかったらしい。祖母の『思い出』によると、息子たちが小学校から戻ると、漱石は書斎に呼びよせてフランス語を教えたそうだが、勉強に興味がない遊び盛りの子供にいくら教えても身が入らない。漱石は「馬鹿野郎」を連発し、息子たちはいつも泣きながら書斎から出てきた、という記述がある。純一叔父からも、「あの時はすごく怖かった」と聞いたことがあるし、次男の伸六叔父も、この「馬鹿野郎」という怒号が何にもまして恐ろしく、聞くたびに震え上がったと『父・夏目漱石』の中で書いている。

母が漱石から英語を習わなかったのは、かえって良かったのではないだろうか。

祖母の父、中根重一

義父、中根重一については、漱石は『道草』の中でかなり詳しく書いている。

いくつかの漱石の伝記や、私の妹末利子の「中根家の四姉妹」(「夏目漱石と明治日本」『文藝春秋』、特別版二〇〇四年十二月臨時増刊号)から、かいつまんで記しておく。どれも少しくい違っているところがあるが、妹の書いたエッセイが最も新しく、またリサーチもしっかりしている。

中根重一は一八五一（嘉永四）年福山藩士の家に生まれた俊才で、選抜されて大学東校（今の東京大学の前身）に入った。経済学を学ぶためにドイツ語を勉強したかったが、ドイツ語は医科でしか教えていなかったので、医科に入り、卒業後は新潟医学所（現新潟大学医学部）院長の通訳兼助教授となった。ドイツ語はかなり堪能で、いくつかの医学書も翻訳して当時の医学界に貢献したそうだ。東京に戻ってからは行政官になり、ドイツ法の翻訳、またドイツ語の辞典も作ったそうで、学者肌の官吏だったようだ。

自分が外国語に関心があったため、当時まだ稀《まれ》だった帝国大学文科大学英文科卒で、優秀との評判が高かった漱石が気に入ったのだろう。漱石は英文科の二人目の卒業生だったが、一人目（立花銑三郎）は卒業後すぐに他界したという。

この祖母の父、中根重一には、人を見る目があったと母はよく言っていた。四国という片田舎にいる一介の中学教師に、いくら東京での評判が良いからといっても、大事な長女を嫁がせるのはなかなかできることではない。また、後述するように、次女、三女とも、経済的に心配のない、将来性のある男性に嫁がせたことは、先見の明があったといえるかもしれない。

鏡子が漱石と結婚した当時の重一は、貴族院書記官長としての最盛期にあり、後に内閣の変動で辞職し、いくつかの要職についた。しかし、晩年はあまり恵まれずに、この世を去った。鏡子は隆盛期の中根家で生まれ、尋常小学校を卒業してからは学校に行かず、家で家庭教師について学んだ。大切に育てられたことがうかがえる。

私が生まれるより二十年近く前の、一九〇六（明治三十九）年に五十五歳で他界したこの曾祖父には会う機会がなかったが、カツという名の曾祖母には、何度か会ったことがある。大変おとなしい物静かな婦人で、三人の娘たちとは随分違う印象だった。曾孫にまでとても丁寧に対してくれる人だった。私たちは「曾《ひい》お祖母《ばあ》ちゃま」と呼んで、時々長男倫《ひとし》の息子と住んでいた家に遊びに行った。

祖母鏡子の妹、時子

母筆子は『文藝春秋』（昭和五十六年九月号）の記事の中で、祖母の妹たちのことをこう書いている。

〈母（注・鏡子）の妹達は二人とも富裕な家に嫁いでおりましたから、私達姉妹には叔母や従姉妹達が自分達とは住む世界の違う〝お金持〟に映り、叔母達の態度や言葉の端々に私達家族に対する憐れみや侮りを感じたものです。〉

祖母の妹たちの家庭は、教師から小説家となった漱石の家庭よりよほど裕福だったのだろう。

母のいう叔母二人のうち、祖母のすぐ下の妹時子は建築家・鈴木禎次に嫁いでいる。鈴木は、名古屋の松坂屋本店の前身、いとう呉服店などの設計で有名な建築家である。松坂屋各店の設計も手掛け、関東大震災の時に上野の松坂屋だけがこわれず残ったので有名になったのだと母が何度も言っていたのを覚えている。『三四郎』の書き出し部分には名古屋の街並みが登場している。〈宿屋も眼の前に二、三軒ある。ただ三四郎にはちと立派過ぎるように思われた。そこで電気燈の点《つ》いている三階作りの前を澄《すま》して通り越して、ぶらぶら歩行《ある》いて行《いっ》た。〉（岩波文庫）。これは鈴木禎次が漱石に教えた風景だという。祖母が建てた早稲田の家もたしかそうだったが、東京・雑司ヶ谷墓地にある漱石の墓石はこの人の設計である。

東京帝国大学建築学科を卒業した鈴木は、名古屋高等工業学校（現名古屋工大）の建築科教授として赴任していたので、名古屋に住む彼らを、母たちは「名古屋の叔父さん、叔母さん」と呼んでいた。私が知る頃は、東京の下谷に住んでいた。私も叔母たちや祖母と、何度かその家に遊びに行った。鈴木も漱石同様に英国、またフランスへも留学経験があり、彼は私の父にも留学を薦めたと母からきいたことがあるが、どういうわけかそれは実現しなかった。父の専攻が東洋哲学であったからだろうか。

裕福な家庭に生まれ育った、白樺派の志賀直哉の作品を読むと、しばしば女中と関係をもったことが書かれている。実は、「名古屋の叔父さん」も、少々「女癖」が悪かったようだ。私は父母がそんなことを言っているのをある時耳にした。当時は、現在のように、女性を守るセクハラなどという法律もなかったので、お金持ちの家には時々そういうことがあったらしい。漱石の『行人』のなかには、少々知恵のたりない娘が出てくるが、それは義弟から思いついたのではないかと私は推察する。

漱石は同情を持ってその女性を書いており、彼の弱者に対する思いやりがにじみ出ている作品である。夫の不義から生まれた娘も愛情をもって育てた時子叔母のことを、母はいつも「えらい」と言っていた。けれど、この娘は若くして死んだというし、彼らの長女も、当時流行していた肺結核を病んで、早くに他界した。当時、肺結核は死病と恐れられていたので、病気が分かってからは、身の回りのものを丁寧に消毒して、非常に気をつかったので、幸いにも他の家族にはうつらなかった。この人と母は同い年で、一番親しい従姉妹だったので、亡くなったときは本当に悲しかったとよく言っていた。その人の妹は長じて、後に東京大学医学部の内科部長となった優秀な内科医と結婚した。

二番目の妹、梅子

祖母の二番目の妹梅子は、横浜の生糸商、奥村鹿太郎に嫁いだ。この夫は長い間、横浜の長者番付に載るようなお金持ちだったと、これも母から聞いた。私は一度だけ、この大叔母の横浜の家へ行ったことがあるが、屋上がある大きな立派な家だったことを鮮明に覚えている。この大叔母のことを母や叔母たちは「横浜の叔母さん」と呼んでいたので、私たち子供たちも「名古屋の叔母さん」、「横浜の叔母さん」として、覚えていた。

この叔母さんには一人息子がいて、小さい頃から大人のように社交慣れした少年だったと叔母たちがよく話していた。裕福な生糸商の息子だから、大人たちとの交わりも多かったのかもしれない。私は一度しか会ったことがないので、よく知らないが。

「横浜の叔母さん」について、母は一度「口が悪いのよ」と言っていた。私の父のことを「筆子さんの旦那さんは仏さんのような顔をしているわね」と母に言ったそうだ。些細なことだったが、仏さまならいいのではないか、と子供心に思ったので、まだ覚えている。

また、「横浜の叔母さん」が私の姉に縁談を持って来たことがある。相手の男性は地質学専門の若い教授とかで、離婚したのか死別したのかはっきりとは分からないが、二度目の結婚だったようだ。「後妻はいいのよ。新しい奥さんを大事にするから」と薦めたそうだから、横浜の叔母さんも後妻だったというわけだ。

どういう事情があったのか知らないが、ともかく姉の縁談は成立しなかった。たぶんお見合いの段取りまではいかなかったのだろう。もし姉がその人と結婚したら「横浜の叔母さんに威張られるかもしれないから可哀想だ」と、両親が話しているのを小耳にはさんだ。

貫禄があった中根三姉妹

漱石の死後、印税収入が入り、祖母にお金ができてからのことだ。

お正月や法事などで、祖母と大叔母二人が一緒に揃うことが時々あった。この三人が揃

1914（大正3）年秋。左から漱石、鏡子、森巻吉夫妻。

うと、子供だった私の目からも、三人とも ひどく貫禄があり、いかにも裕福な夫人達という印象だった。時子と梅子の間には倫という弟がおり、それから豊子という妹、そして豊子の下に弟壮任《たけとう》がいたが、この三人についての記憶が私にはまったくない。ただ不思議なことに、倫の後妻だった女性の顔だけは大変よく覚えている。

末娘の豊子は親戚の集まりにはあまり顔を出さなかった。上の三人の姉妹のように豪華な生活をしていなかったので、そんな集まりに来るのを好まなかったのだろうか。祖母と二人の妹たちが、時々「お豊さんがどうの」と話していたのは覚えているが、その「お豊さん」が誰だったのか私は知らなかった。

この豊子は中根家が没落し始めてから成長したので、上の娘たちのような贅沢はできなかったそうだ。漱石は彼女を憐れんでか、小遣いを与えたり着物を買い与えたり、実の妹のように可愛がった。鏡子も、あまりに漱石の機嫌が悪い時にはこの妹を呼び、漱石の機嫌をとらせたという。豊子の結婚式当日の漱石と祖母の写真（前頁）も残っている。

「お豊さん」というように「お」を付けるのは当時の一般の呼び方だったのだろうか。祖母が妹たちを呼ぶ時も「お時さん」「お梅さん」と言っていたし、妹たちも祖母を「お姉《あね》さん」、漱石を「お兄《あに》さん」と呼んでいた。昔の呼び方の方が漢字の読みに忠実だった。私の母は、祖母の「……だよ」という言葉遣いが少々乱暴だと感じていたようだが、『道草』の中での漱石の姉の話し振りは、祖母とまったく同じである。当時の、少々年をとった女性の、普通の話し方だったのだろう。

漱石全集

漱石の没後一年に、岩波書店が漱石全集を出した。その後円本ブームもあり、普及版を改造社や春陽堂も手掛けていた。私が子供の頃は友達の家に遊びに行って、他に何の本がなくても、本棚に必ず漱石全集だけはあったのを覚えているから、よほど流行《はや》ったのだろう。

当時の大学卒の月収が二百円くらいだったが、漱石の著作からの印税収入で祖母は毎月二千円くらい得ていたと母からきいたことがある。この数字がどの時期をさすのかは定かではないが、大した金額だったことには違いない。

私が幼い頃の記憶としてよく覚えていることがある。

早稲田の家の玄関の横に小さい部屋があり、そこで岩波書店の小僧さんが二人くらいで、三十センチ四方の小さな切手のような紙を山ほど積んで、朝から晩まで小さい切手の一つ一つに判を押していた。今はもう、この検印という慣習がなくなったが、昔はこうして、その本が何冊刷られたのかを示したものだ。数日間、小僧さんが二人がかりで何百枚もの検印台紙に判子を押していたのだから、これも全集がよく売れたことを示しているに違いない。

小僧さんたちの判子を押すスピードはとても速く、われわれ子供たちは、傍でいつも感嘆の目で眺めては、ときどき頼んで押させてもらっていた。小さい切手のようなものの真ん中にまっすぐ判を押すのはなかなか難しかった。小僧さんたちは、仕事の邪魔をされながらも、怒るにも怒れず、さぞ困ったことだろう。

お金ができてからの祖母はかなり贅沢な生活をしていた。その生活については、次章で触れる。六人の子供をもって切り詰めた生活をした漱石の生存中と、死後の生活はかなり違ったに違いない。この違いから、祖母の悪妻説が生まれていったと推測する。

父と母の結婚

父松岡譲は、新潟県長岡市近郊の、浄土真宗の寺に生まれた。長男で本来なら寺を継ぐ立場だったが、一高から東京帝大へ進んだ頃から、物を書くことに興味を持った。芥川龍之介、久米正雄らと、第三次『新思潮』の同人となり、第四次期には編集にも携わった。漱石山房を訪ねて門人となったのは、漱石の最晩年のことだった。

漱石の長女と結婚し、とうとうお寺の跡を継がず東京に残ってしまった。

昔の村の寺はお寺様と呼ばれ、村人にとって非常に大切な存在だったと聞く。寺を継ぐ長男が大学に行くときの月謝は、村の檀家が出したそうだ。その長男が村に戻らないのだ

1916（大正５）年、第四次『新思潮』創刊の頃。
左から久米正雄、松岡譲、芥川龍之介、成瀬正一。

から、村人たちが父の行動を喜ばなかったことは想像できる。

また、父が母と結婚した当初は、他の弟子たちの嫉妬のせいか、あまり平和な結婚の出だしではなかったようだ。ある弟子から、もう少し待っていれば自分が結婚してやったのにと、母は言われたとかで、後年になっても憤慨していた。また、他の弟子からは、芥川龍之介にならやってもいいと、自分の娘でもないのに勝手なことを言われたと、これもまた憤慨していた。

芥川がそれを知っていたかどうかはさだかでないが、耳にしたとしたら、いい迷惑だっただろう。芥川は母にまったく興味がなかったようだ。というのも、漱石の娘四人のうち、三女の栄子ならまあいい、と芥川本人が言っていたと母から聞いたことがある。栄子叔母はたしかに美人で、前述したように、フランス語に堪能で、生け花もピアノも教える能力があった人だったから、芥川の言葉にも納得できる。

この叔母は一生独身を通した。というのは彼女は祖母の大のお気に入りで、自分は好きでもない男性との結婚を勧められ、それが厭で、とうとう結婚しなかったと母から聞いた。先日、その男性の名前を偶然新聞で目にし、母から聞いた話が一瞬にして甦った。祖母は娘たちに対して、少々強引なところがあったようだ。

母には三人の妹がいたが、母が姉妹の中で一番話題になったのではないだろうか。たぶん長女であったためだろう。母は、四人姉妹の中では自分が一番顔が良くないといつも言っていた。謙遜でも何でもなく、本当にそう思っていたのだろう。けれども小さいときの私はナイーヴな娘の偏見で、誰とくらべるのでもなく、母が世の中で一番美しい人だと思っていた。

久米正雄が、母を父と争って自分が敗けたと『破船』という小説に書き、通俗的な興味とともに当時かなり読まれたようだ。その中で、父を友人を裏切った悪人のように書いているので、世間ではそのイメージが流布していた。ある家庭では、私の姉をさして、そん

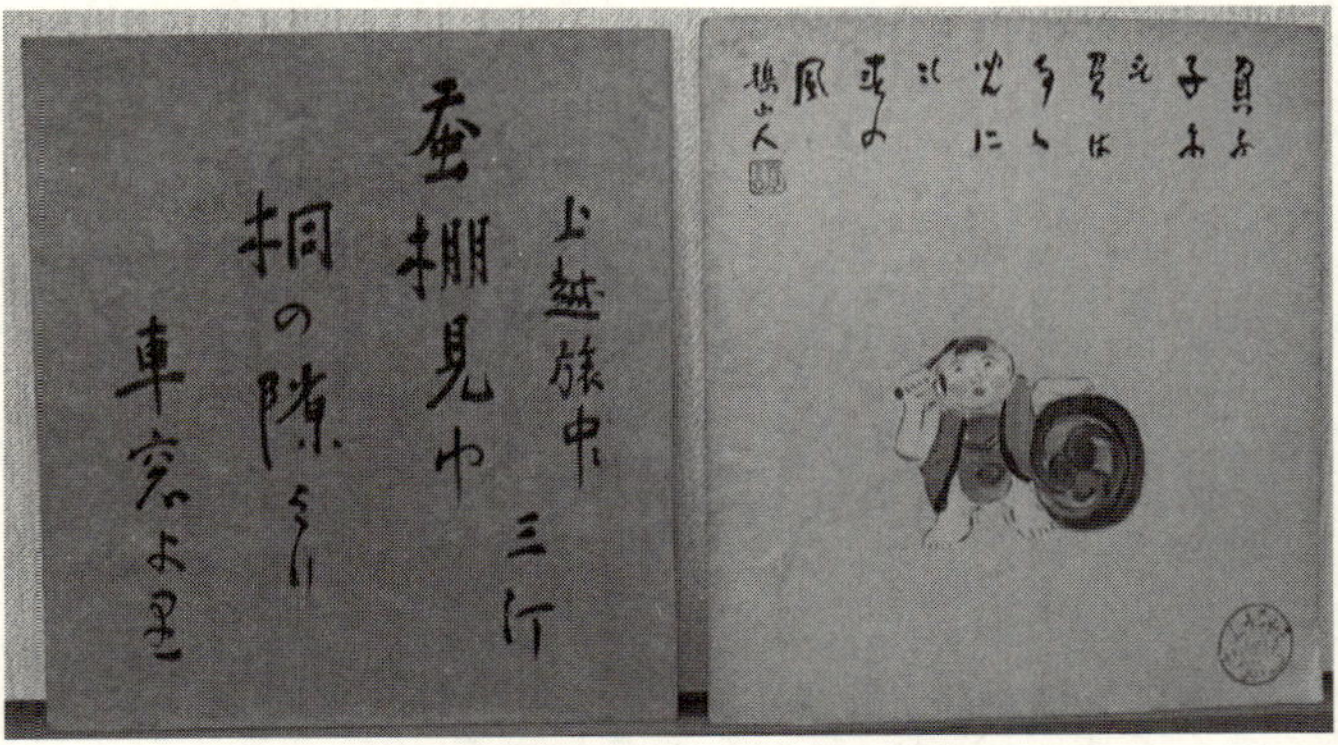

久米正雄の色紙（左）と松岡譲の色紙。

な父親の子供とは遊ばせないとまで言ったそうだ。何を言われても父は父らしく沈黙を通したが、それを聞いて家族のために弁護することを決め、『憂鬱な愛人』という小説を書いた。

晩年母は、父を好きになったのは自分の方で、父にはむしろ迷惑をかけた結婚だったのではと話したことがあった。父も一度だけ私に、母と結婚したことは文学的には損をしたと、語ったことがあった。たぶんそれは本心であったにちがいない。ある出版社は父の作品はいっさい出版しないとまで言ったという。男性の職業上の嫉妬は、男女間の嫉妬より強いと読んだことがあるが、父の場合はまさにこれであったらしい。

一九四七（昭和二十二）年に久米氏が正式に父に謝罪し、それを記念してその五月二人で京都の大丸デパートで絵や書の合同展をした。私はちょうどその時、学校時代の友人に会いに淡路島を訪れていたので、その帰りに展覧会に寄り、久米氏にも初めて会う機会があった。特別強い印象は残っていないが、愛想が良かったことは覚えている。父については関口安義氏の著『松岡譲』に詳しい。

父と夏目家

父が漱石山房を初めて訪ねたのは、漱石が他界する一年前の、一九一五（大正四）年も終わりに近い頃だった。一九一〇（明治四三）年の修善寺大患より五年後で、「則天去私」の境地に達した後の漱石だった。晩年は精神的に安定し、若い弟子の一人である父には落ち着いた人に見えていたようだ。

だから、父の目に映った漱石と母のそれとは、大いに隔たりがあった。同じ人物でも、見る目が違えばこれほど差があるのかと、面白く二人の話を聞いたことがあった。父は、晩年の漱石先生は円満で澄み切った心の持ち主であるといい、母にも一生懸命同意を求めていた。しかし、母は、断固として自分の父親は最後まで精神的に激しい人間であったと主張していた。

父は漱石を、常に師として尊敬していた。漱石について語るときはいつも「先生」と呼び、私ども子供たちには「お前（たち）のお祖父さん」と言っていた。漱石はこの若い弟子を「越後の哲学者」と呼んだという。お寺の長男に生まれ、大学では東洋哲学を専攻し、寺の跡を継ぐことを悩んでいた父は、他の若い弟子たちに比べて、少々重々しくみえたのかもしれない。

前述したように、姉と兄、私の三人は、家族が早稲田の祖母の家で同居していたときに生まれた。両親は漱石が没した二年後の一九一八（大正七）年に結婚した。まだ幼い子供（末の伸六は九歳だった）と娘たちを抱え、家に男手がないことを祖母は心配していた。祖母から一緒に住むことを頼まれ、六年ほど早稲田の家で過ごしたことになる。父からも母からも、この同居への不平不満はまったく聞いたことはなかったが、祖母と五人の子供たちがいては、夏目家にとっても両親にとっても、ずいぶん窮屈な生活であっただろう。それもあって、祖母はその借家を買いとり、大きな家を建てることにしたのだと思う。

新しい家は一九一九（大正八）年から二〇年にかけてできた。私の姉は、一九一九年三月生まれであるから、乳児もいれた九人もの大家族が、漱石の書斎と居間を除く五部屋に住んでいたわけだから、たいそう手狭な生活だったことがうかがえる。

父には朝日新聞社からも仕事の誘いがあったそうだが、生活を保証するから働いてほしくないと祖母に言われ、その仕事も諦めたと母から聞いた。若い有能な男性が、自分のしたい仕事に専念もできず、妻の家族と一緒に住むのはやさしいことではなかっただろう。

父が書いた「漱石の印税帖」には、両親が家を出る契機の記述がある。岩波書店の漱石全集の第三期の配本が始まった一九二四（大正十三）年のことである。

〈五千部位は大丈夫だろうという予想をまたしても見事上廻って、締切って見たら一万五千口になったのだから、当時としては破天荒の成功と言わなければなるまい。これで発行所も息をついたし、夏目家でも一ト安心した。私はこの成績に満足し、同家にこれで安泰後顧の憂なしと見たので、諒解の下に同家を離れて一家を京都に持った。〉（『ああ漱石山房』朝日新聞社）

ここまで我慢した父は辛抱強い。昔から多くの日本女性は、否応なく夫の家族と住み、舅《しゅうと》姑《しゅうとめ》に仕えて、当人も周りもそれが当たり前と思っていた。どんなに温厚な人たちであっても、しきたりが違う義理の親子同士が一緒に住むのは窮屈なことも多かったろう。そのような経験をしなかった私は、父に心から敬意を表するとともに同情も禁じ得ない。

これは漱石の遠い親戚にあたる阿部一郎氏から聞いた話である。祖母は多大な印税収入を何かに投資したいと考え、父に真珠のビジネスを始めるように勧めたそうだ。しかしうまくいかずに、大損を出したときいた。

文学にしか興味はなく、ビジネスの才能など少しも持ち合わせなかった人には無理な話ではなかっただろうか。母は何も知らなかったのか、それとも父の失敗談を話題にしたくなかったのか、母の口からは一度も聞いたことがなかった。

漱石の兄姉

この阿部一郎氏は、漱石の三番目の兄和三郎（後に直矩《なおかた》）の三度目の妻美代の従兄弟だった。

夏目家はもともと、牛込馬場下（新宿区喜久井町）で江戸時代から続く町方名主（身分は町人であるが、一般の町人と違って格式と権威を持っていた）の家だった。しかし、漱石が生まれた一八六七（慶応三）年の頃は、江戸幕府崩壊寸前の混乱期にあたり、生家は没落しつつあった。

また、子だくさんの上、高齢出産だったこともあり、漱石が望まれない子として生まれたことは、伝記に詳しい。

漱石には直矩の他に兄が三人いたが、皆早死にしている。長兄大一（後に大助）は三十一歳、次兄栄之助（後に直則《なおのり》）は二十九歳でともに肺結核で他界している。五つ年上の四兄久吉は、漱石が生まれる前年にたった三歳で亡くなっている。長兄は漱石より十一歳年上だったが、なかなかの秀才で開成学校（後の東京大学）に進んだが、病気で退学した。警視庁で翻訳係などしていたように、英語をかなり身につけており、漱石ははじめ彼から英語を習っていた。長兄は遊び人だった二人の弟より、末弟の漱石に人一倍目をかけていた。出来のいい漱石に、夏目家再興をかけていたのではあるまいか。漱石はあとあとまでこの兄に対しては一目置いていたと言われている。

母がこんなことを言っていた。夏目兄弟の父親・小兵衛直克《なおかつ》は樋口一葉の父親・樋口則義の東京府庁での上司だった関係で、この大助と一葉との間に縁談話がおこったことがあるそうだ。しかし、大助は病気により、一生を独身で通した。大助と一葉の年は十六歳も離れており、大助が三十一歳で他界した時に一葉はたった十五歳だった。樋口一葉も肺結核で二十四歳の若さで死んでいるから、本当かどうかは疑わしい。縁談話は漱石との間の話だったという説もある。

『思い出』の中で祖母はこんなことを書いている。漱石が一葉の全集を買ってきて読んだところ、『たけくらべ』には殊に感嘆していたという。一方で、当時非常に人気を集めた尾崎紅葉の『金色夜叉』については、「今にみていろ、俺だってこのくらいのものは書ける」と言っていたそうだ。母は祖母からこの話を聞いたらしく、私にも何度か話してくれた。

初めは真面目だった長兄大助も、後には遊びを覚えたという。次兄の直則は、吉原通いや芸者買いをした道楽者で、父親から勘当され従兄弟の家に住んでいたと聞く。また三兄直矩も、勉強嫌いの遊び人であった。二人の異母姉も、やはり派手な生活を送っていたらしい。

『硝子戸《ガラスど》の中《うち》』で、若い頃の姉たちの華やかな芝居見物の様子を、兄直矩から聞いたこととして記述している。父親が有能な名主として栄えた頃の話で、漱石自身も〈そんな派出《はで》な暮しをした昔もあったのかと思うと、私はいよいよ夢のような心持になるより外《ほか》はない〉（岩波文庫）と書いている。漱石には姉兄のような派手で贅沢な生活は、夢としか考えられなかった。

〈その頃の芝居小屋はみんな猿若町《さるわかちょう》にあった。電車も俥《くるま》もない時分に、高田《たかた》の馬場《ばば》の下から浅草《あさくさ》の観音様《かんのんさま》の先まで朝早く行き着こうというのだから、大抵の事ではなかったらしい。姉たちはみんな夜半《よなか》に起きて支度《したく》をした。途中が物騒《ぶっそう》だというので、用心のため、下男《げなん》がきっと供をして行ったそうである。

彼らは筑土《つくど》を下りて、柿《かき》の木横町《きよこちょう》から揚場《あげば》へ出て、かねて其所《そこ》の船宿《ふなやど》にあつらえて置いた屋根船《やねぶね》に乗るのである。……

大川へ出た船は、流を溯《さかのぼ》って吾妻橋《あづまばし》を通り抜けて、今戸《いまど》の有明楼《ゆうめいろう》の傍《そば》に着けたものだという。姉たちは其所から上《あが》って芝居茶屋まで歩いて、それから漸《ようや》く設《もう》けの席に就《つ》くべく、小屋へ送られて行く。設けの席というのは必ず高土間《たかどま》に限られていた。これは彼らの服装《なり》なり顔なり、髪飾《かみかざり》なりが、一般の眼によく着く便利のいい場所なので、派手を好《この》む人たちが、争って手に入れたがるからであった。

幕の間《あいだ》には役者に随《つ》いている男が、どうぞ楽屋へお遊びにいらっしゃいましといって案内に来る。すると姉たちはこの縮緬《ちりめん》の模様のある着物の上に袴《はかま》を穿《は》いた男の後《あと》に跟《つ》いて、……贔屓《ひいき》の役者の部屋へ行って扇子《せんす》に画《え》などを描《か》いてもらって帰ってくる。これが彼らの見栄《みえ》だったのだろう。そうしてその見栄は金の力でなければ買えなかったのである。

帰りには元来《もと》た路《みち》を同じ舟で揚場まで漕ぎ戻す。無要心《ぶようじん》だからといって、下男がまた提灯《ちょうちん》を点《つ》けて迎《むかえ》に行く。宅《うち》へ着くのは今の時計で十二時位にはなるのだろう。だから夜半《よなか》から夜半《よ》まで掛《かか》って彼らは漸く芝居を見る事が出来たのである。

こんな華《はなやか》麗な話を聞くと、私は果《はた》してそれが自分の宅に起った事かしらんと疑いたくなる。どこか下町の富裕な町家《ちょうか》の昔を語られたような気もする。〉（岩波文庫）

二十四時間をかけた劇場行きである。母もこの話を伯父の直矩から直接聞いている。漱石ですら驚いたくらいの現実離れした話だったので、母には強く頭に残っていたようで何度も話してくれた。

こうして贅沢三昧に育った異母姉二人と退廃的な兄弟の間に育った漱石だが、兄弟のうちでただ一人、真面目で勤勉に育っていったことを心から祝福したい。

初めは邪魔者扱いにした父親も、長男や次男が同年に続いて肺結核で他界し、三男直矩も病弱だったので、唯一の頼みの綱は末息子だと気付いてからは、頼みにするようになり、養子先の塩原姓を名乗っていたのを、夏目姓に復籍させた。しかし、実父と養父の対立により、漱石が夏目金之助と名乗るようになったのは、一八八八（明治二一）年、二十歳の時であった。

直矩は小さい頃は病弱だったそうだが、兄弟姉妹の中では一番長生きをし、一九三一(昭和六)年に七十一歳で他界した。私が七歳くらいの時だが、私には彼の記憶がまったくない。彼の妻美代はそれから長く生きたので、今でもよく覚えている。前述したように、漱石は昔の自分の家族についてをこの兄から聞き、私の両親もいろいろ話を聞いている。

直矩には四人の子供がいた。自伝的小説『道草』にもあるように、彼は長女を溺愛したそうだが、彼女も肺病を病み、若くして他界したと母が言っていた。長男は大阪朝日新聞につとめていて一人娘がいたが、祖母がとりしきった夏目家の法事などはほとんどが東京で行われたので、特別な用事でもないと、私たちが会う機会はあまりなかった。

次女は東京で家庭を持ち息子二人と美しい娘がいた。下の息子と私は同い年で、小さい頃はときどき一緒に遊んだことがある。朝日新聞社員だった彼は、一九五二年に私がアメリカに渡る際に、むこうで使うようにとその年の『朝日年鑑』をくれた。この本は長い間重宝した。

直矩の末っ子の次男も東京に住んでおり、小さい頃から親切に面倒をみてもらった。一九八五(昭和六十)年頃、私が東京に仕事で戻っていた折り、偶然銀座で出会い、お茶を飲みながらゆっくり話したのが、彼と会った最後だったと記憶している。

遊びに通った祖母の家

父母は結婚後六年してから、前にもちょっと触れたが、漱石の印税収入も安定し、また母の弟妹たちも大きくなっていたので、祖母の承諾を得て、夏目家を出た。父は後にベストセラーになった仏教小説、『法讓を護る人々』を執筆中のことだった。

一九二四（大正十三）年の春、父は仏教の都、京都に移ったが、私がその年の初めに生まれたばかりだったので、母と三人の子供は数カ月待ち、秋になってから京都に移った。銀閣寺の近くに三年ほど住んだ。私はほんの赤ん坊だったので、京都のことは何も覚えていないが、家族が東京に戻ったときには京都弁しか話せなかったと母は言っていた。

東京では大井町に居をかまえた。姉と兄、少し大きくなってきた私の三人で、週末になると「牛込のお祖母ちゃま」の家へ遊びに行くのを楽しみにしていた。私も孫をもつ身になって、いかに子供たちが祖母の家にくるのを喜ぶかがわかるようになった。

祖母の家に出掛けるときは、いつも家の前まで人力車が迎えに来た。日常の交通機関に人力車を使ったことがあるとは、いかに私が年をとっているかを示している。父も同行する時は三台が連なった。父が一台、姉と兄で一台、残りの一台に母とまだ小さかった私が膝に乗り大井町駅まで向かった。

そこから電車に乗ったのだが、どこの駅で乗り換えてどうやって早稲田の家まで行ったかは、残念ながらまったく記憶にない。姉や兄がまだ生きていれば、覚えていたかもしれないが、二人とももう逝ってしまった。

私が小学校一年のとき大井町で生まれた弟も、もう故人となり、兄弟姉妹のなかでたった一人生き残っている妹の末利子は、私が小学六年のときにほんのいっときだけ住んだ洗《せん》足《ぞく》で生まれているので、残念ながら早稲田の家についてはまったく知らない。

祖母が大きな早稲田の家から、新大久保の小さい家に移ったのは、私がまだ小学校低学年のときだったと記憶しているが、はっきりした年月はどうしても思い出せない。

家族の誰もが都合があって泊まりに行けないときも、私はときどき一人で電車に乗って、新大久保の祖母の家に向かった。祖母の家で過ごさないと週末という気がしなかったのである。

両親は、さすがにまだ小さい私を一人で行かせるのが心配だったのか、父の知り合いの若い慶応大学生に、連れて行ってくれるように頼んだ。彼は我が家からすぐ近くのテニスコートによく来ており、新大久保に自宅があった。土曜日、彼のテニスが終わるのを待って、二人で出掛けた。

父は体を壊した際に、医者に薦められてテニスを始めていたので、コートに来る人たちと顔見知りだった。たまには、テニス選手の大学生を家に泊めたりもしていたし、『テニスファン』という雑誌を編集し、出してもいた。

数年前、東京で小さな講演をしたとき、一人の年配の男性が講演の後、演台まで来てくれて、「お父様の『テニスファン』をいつも楽しく読ませて頂きました。スポーツ雑誌には珍しい品のよい雑誌でした」と声をかけてくれた。この大井町のコートは後に田園調布に移り、私たちの家族も大井町から一時洗足に移り、そこからすぐまた田園調布に移った。一九三五（昭和十）年十二月だった。その頃田園調布のテニスコートに大きなスタジアムができ、読売新聞社主催で当時アメリカで最も有名だったテニスの選手ビル・テイルデンなどを招聘した。父がそれに関係したお陰で、私も素晴らしいテニスの試合を見る機会に恵まれた。

岩波茂雄と漱石

ここでもう少し、夏目家の遠い親戚にあたる阿部一郎氏から聞いた話を書いてみよう。阿部氏は一八九五（明治二十八）年生まれで、漱石が他界したとき二十一歳だった。私の母より四つ年上で、漱石生前からよく夏目家に出入りしては、祖母の手伝いなどをしてくれていたそうだ。身軽な人で、祖母にとっては安心して何でも頼める人だったらしい。母たちきょうだいは「阿部のいっちゃん」と呼んでいた。慶応大学出身で、香料スパイスの会社を経営していたとかで、太平洋戦争後の自家用車がまだ少ない頃に、アメリカ車に乗っていたそうで、それを見た純一叔父が、「いっちゃんはなかなか景気がいいらしいよ」と言っていたのを覚えている。阿部氏は漱石と祖母鏡子のことを、「小父《おじ》さん、小母《おば》さん」と呼び、祖母の悪妻説を聞いたり読んだりすると、「小母さんはそんな人ではなかった」と真剣に憤慨していた。

私は大学の仕事の都合で、一九八四年から八六年までを日本で過ごしたが、その間《かん》のある日、阿部氏の話をきく機会を得た。九十歳とは思えないほどの元気さで、漱石についていろいろ話して聞かせてくれた。一九八五年の二月のことで、これからの記述はその折りに私が記録したものの一端である。

阿部氏はある日、漱石と祖母の会話を聞いたという。

「今日岩波が来て、俺の小説を出させてくれと言った」

岩波とは、漱石の弟子で、岩波書店創立者の岩波茂雄のことである。その数日後にまた二人の会話があった。

「俺の本を出すのに、岩波が金を貸してくれと言ってきた。でも家に金なんかないよと言ってやった」

それをきいた祖母が、「満鉄の株があるからそれを貸して上げたら」と返答したという。

この満鉄の株というのは、漱石の大学予備門時代からの親友で、後に満鉄総裁になった中村是公《ぜこう》の勧めで持ったものである。漱石は株を持つような金はないと一度は断ったが、中村が無理に置いていったのである。ともかく、その株を貸すことにして、次に岩波茂雄が来たときにその株券を渡し、岩波氏はそれをもとに銀行から金を借りて漱石の本を出版したということである。

以上の阿部氏の、満鉄の株の話はさもありなんというものだが、私にその話をしてくれた時の彼は九十歳の高齢だった。話の真偽を疑うわけではないが、彼の記憶が少々薄れていた可能性もあったかもしれないとも思っている。というのは、祖母の『思い出』に夏目家も漱石の収入を株にかえていて、その株を岩波氏に貸したという記述もあるので、引用しておく。

〈ある時岩波さんが夏目のところへお見えになって、何かとお話しになっております。と、夏目が私を書斎に呼びまして、いきなり株券を三千円ばかり持ってきて岩波に貸してやれと、藪《やぶ》から棒にこういうのです。……

……もちろんたいしたまとまったお金の残る道理もないのですし、その当時にあっては本が売れるといって見たところで、近ごろのような大量出版だの何だのという派手なこともないのですから知れたものですが、それでも少しずつ残るものを、そのまま銀行にねかせておいてもつまらない。確かな会社の株券を少しずつでもいいから買っておくと、自然子が子を生むようになっていいものだと教えられ、そんなことにはいっさい無頓着《むとんちゃく》だった私どもも、なるほどそれはそうだと感心しまして、ちょうど小宮さんの叔父さんで、ロンドンでお識《し》り合いになった犬塚さんが、銀行の重役をしてらしてめんどうを見てやろうとおっしゃるのをいいことにして、小金がたまるとは犬塚さんのところへお届けして、少しずつ株券を買っていただいておいたのです。……

……人間のことですからいつ何時《なんどき》どういうことがないとも限らない。その時になって、万一おもしろくないことなどがあっては困るから、ともかくどちらがかけても第三者にもわかるような契約をしていただきたいと、私が株券を持って出て、岩波さんを前にしてちょっと開きなおった形で申したものです。岩波さんはこれは様子が違うぞとでもお思いになったものか、びっくりした顔をしていらっしゃいました。……べつに君を疑うわけではないが、細君があまでいうのだから、契約は契約としておいてくれたまえということになって、岩波さんも手続きをお踏みになって、株券をお渡しいたしました。〉（文春文庫）

岩波書店は、一九四六年に漱石死後三十年の版権が切れるまで、漱石全集出版を独占して大書店を築き上げたことは、よく知られている。

漱石と中村是公

叔父伸六は、満鉄総裁の中村是公について、「父を『お前、お前』と呼び捨てにし、平気で金をもらうのも是公さん以外になかった」と言っていた。けれども、祖母は『思い出』のなかの漱石葬儀のところで、左記のように述べている。

「中村さんあたりはむやみと金を出してやろうとこのほうばかりを心配してくださいます。が、平常から何はなくとも、主人が亡くなって葬式の費用や子供の養育費で人様にご迷惑をかけるようなことはしたくないと思って、そのつもりでやって来ていますので、第一この場合御厚意は万々ありがたいが、いただいては故人の意志にもそむき、また私の気持も許しませんのでお断わりしました。」（文春文庫）

漱石自身は『永日小品』の「変化」の中で予備門時代の二人の生活を細かく書いている。

〈二人は二畳《にじょうじき》敷の二階に机を並べていた。……

中村と自分はこの私塾（注・江東義塾）の教師（注・今のアルバイト）であった。二人とも月給を五円ずつ貰《もら》って、日に二時間ほど教えていた。自分は英語で地理書や幾何学を教えた。……

二人は朝起きると、両国橋《りょうごくばし》を渡って、一《ひと》つ橋《ばし》の予備門《よびもん》に通学した。その時分《じぶん》予備門の月謝は二十五銭《せん》であった。二人は二人の月給を机の上にごちゃごちゃに攪《か》き交《ま》ぜて、その内から二十五銭の月謝と、二円の食料と、湯銭若干《ゆせんそくばく》を引いて、あまる金を懐《ふところ》に入れて、蕎麦《そば》や汁粉《しるこ》や寿司《すし》を食い廻《まわ》って歩いた。共同財産が尽きると二人とも全く出なくなった。

予備門へ行く途中両国橋の上で、貴様《きさま》の読んでいる西洋の小説のなかには美人が出て来るかと中村が聞いた事がある。自分はうん出て来ると答えた。しかしその小説は何の小説で、どんな美人が出て来たのか、今では一向《いっこう》覚えない。中村はその時から小説などを読まない男であった。

……

昔の中村は満鉄《まんてつ》の総裁になった。昔の自分は小説家になった。満鉄の総裁とはどんな事をするものかまるで知らない。中村も自分の小説をいまだかつて一頁《ページ》も読んだ事はなかろう。〉(『夢十夜』岩波文庫)

漱石と中村是公はまったく違った性格だったが、学生時代からはじまり、漱石が逝くまで、お互いに尊敬しあう真の友情を結んでいた。

一九〇九(明治四十二)年九月から十月にかけて、漱石は是公に招かれて満州、韓国を訪れ、『満韓ところどころ』という紀行文を書いている。

是公は今の東京渋谷区広尾に大邸宅を構えていた。その旧邸が羽澤ガーデンというレストランになり、一度友人二人が私を案内してくれたことがある。古い邸宅と美味《おい》しい食事を楽しんだが、現在そのレストランは閉鎖されたと聞く。残念なことである。

神経衰弱

一九〇〇（明治三三）年五月、漱石は英文学研究のために日本国政府より英国に送られる。二年と少しの間、ロンドンで過ごした。初めの三、四カ月は大学の現代文学史の講義も受け、一年ほど個人教授にもついたが、思ったような知識は得られなかった。その後の英国留学中は、政府からもらった少額の資金を、専ら研究書籍購入に使い、下宿の部屋に閉じこもっては勉学に励んだ。漱石自身、こんなに勉強したことはなかったと『文学論』の序でも書いているように、水とビスケットだけで下宿部屋に籠もり、ひたすら日を費やした。

疲労と孤独が積み重なったのだろうか、ひどい神経衰弱に悩まされ、漱石が発狂したとの噂は東京まで届いた。彼のロンドンでの生活はいくつかの伝記に詳しい。

帰国後も、生涯その病に漱石自身も家族も苦労したことは、今では周知のことになっている。文芸評論家や精神科医は、この病を鬱病であるとして、かなり詳しく書いている。

私が漱石について書いた英語の小論文を読んだ友人のアメリカ人医師は、彼は

Migraine（片頭痛《へんずつう》）ではなかったろうかと言った。アメリカではよく片頭痛を病む人にこういう行動をする人が多いと言っていた。

漱石の病状を研究した日本の精神科医も文芸評論家も、病因は幼少時代の安定しない生活に起因するものではないかという意見で一致しているようだ。

私もそれに頷ける。というのは、アメリカでよく知っていた優秀な学者で、普段は子供を大変可愛がっていた人が、時折何の理由もなくその子を殴ったりしたのを目撃して、少しおかしいと思っていたところ、彼の妻がある日、彼の幼少時代が悲惨なものであったと話してくれた。その時彼と漱石の像が重なった。

漱石は一八六七（慶応三）年、名主の父、夏目小兵衛直克四十九歳（一八一七年生まれ）と後妻の母ちゑ四十歳（一八二六年生まれ）の末っ子として生まれた。前述したように、異母姉二人と兄三人がいた。それまでは名主として幅を利かし、裕福な長者暮らしをしていたのが、明治維新による時代変遷で家運が傾き始めた父親にとって漱石はむしろ厄介者であった。その上、母親は高齢出産を恥ずかしがったという。母乳もあまり出ず、生後すぐに里子に出された。

母からきいた漱石の生い立ちに、幼い私は同情した。私の母も母乳が出なかったが、牛乳をうけつけなかった私のために乳母を雇ってくれた。赤ん坊の時代を、温かな家族に囲まれて過ごせなかった漱石は、どれほどの心の痛みをおわされたのだろうか。

里子に出された先は、貧しい古道具屋とも八百屋とも言われているが、赤ん坊の漱石が、がらくたと一緒にざるの中に入れられて、遅くまで通りに置かれていたのを姉がみかけ、不憫《ふびん》に思って連れ帰ったと母が何度も言っていた。

次に、里子から子のない夫婦に養子に出された。そこでの惨めな生活は自伝的小説『道草』に詳しい。養父母は生来吝嗇《けち》であったにもかかわらず、漱石の愛を得ようと欲しがる物は何でも与えた。そのせいで、彼はとてもわがままな子供に育った。夫婦が諍《いさか》いをおこしたときは、養母は彼を自分の味方につけようと、漱石の眼前で養父を罵《ののし》ったりもした。漱石はこの養父母の様子から、人間の忌まわしい面を幼くして見抜いたといわれる。

また養父母に連れられて実の親を訪ねていたが、彼らを祖父母と教えられていた。その時は機嫌よく迎えた実父だったが、養父母の離婚とともに八歳で実家に戻った漱石に対しては、厄介者が戻ってきたと態度を一変させた。この養父には、漱石が朝日新聞社に入社してからも、金の無心をされている。

ある日女中から、祖父母と思っている二人が実の両親だと教えられた漱石は、その女中の親切を喜んだ。この幼少時代が彼に大きな影響を与え、後年の精神的不安定な状態につながっていったことは容易に想像できる。また人間のエゴイズムを深くえぐる作品を書いたことへもつながっている。

弟子たちと病気

英国から日本へ帰国してからも、漱石の病は周期的に起こり、しばらくするとまたもとに戻った。病気が起こる前は顔が真っ赤に火照《ほて》ったのですぐ分かったと母は言っていた。その様子は家族以外の外来者にも気づかれていた。というのは、野上弥生子氏も「先生がそういう状態になられる前は顔が火照って」と言っておられたからだ。

いつだったか「天声人語」に、門人の一人、内田百閒《ひゃっけん》の『菊の雨』の一節が紹介されていた。木曜会に地方からやって来た女性に、「紹介状がなければ会わない」と突き返したという話である。百閒は「漱石先生を憎らしいおやぢだと思つた」と書いている。しかし、これは漱石の病が出ていた時ではないだろうか。『硝子戸の中』では、紹介状を貰うところがないと言って訪ねてきた女性に会い、話を聞いているからだ。

叔父仲六が、

〈如何に病的な時の父と雖《いえど》も、身内と他人に対する仕うちの間には、それ相応の大きな距離のあつた事はいなめない。〉

と書いているが、森田草平も『夏目漱石』の中で、よく頭からがみがみやられたと言っているし、次に引用する「文芸的な、余りに文芸的な」（十七、夏目先生）からの芥川龍之介の言葉も、家族以外の人に対する病気中の仕打ちを明確に表している。

〈……僕の知っていた先生は才気《さいき》煥発《かんぱつ》する老人である。のみならず機嫌の悪い時には先輩の諸氏は暫く問わず、後進の僕などには往生《おうじょう》だった。なるほど天才というものはこういうものかと思ったこともないではない。何でも冬に近い木曜日の夜、先生はお客と話しながら、少しも顔をこちらへ向けずに僕に「葉巻をとってくれ給え」と言った。しかし葉巻がどこにあるかは生憎《あいにく》僕には見当もつかない。僕はやむを得ず「どこにありますか？」と尋ねた。すると先生は何も言わず猛然と（こういうのは少しも誇張ではない。）顋《あご》を右へ振った。僕は怯《お》ず怯《お》ず右を眺め、やっと客間の隅の机の上に葉巻の箱を発見した。

「それから」「門」「行人」「道草」等はいずれもこういう先生の情熱の生んだ作品である。……僕が知っている晩年さえ、決して文人などというものではなかった。まして「明暗」

以前にはもっと猛烈だったのに違いない。……一度身の上の相談を持ちこんだ時、先生は胃の具合も善かったと見え、こう僕に話しかけた。――「何も君に忠告するんじゃないよ。ただ僕が君の位置に立っているとすればだね。……」僕は実はこの時には先生に顋を振られた時よりも遥かに参《まい》らずにはいられなかった。〉(『侏儒の言葉・文芸的な、余りに文芸的な』岩波文庫)

お父様の病気

芥川は漱石の〈胃の具合〉と名付けているが、家族はそれを「お父様の病気」と呼んだ。それが起こった時はみなできるだけ音を立てないように努めたと母は語っていたが、小さな弟たちは遊びに熱中すると、つい忘れて声をたててしまう。すると神経が異常にいらだっていた漱石は、子供全員を呼び出し、書斎に長時間座らせたという。その内の一人が、緊張から息をのんだりすると、恐ろしい目でじろっとにらんだそうだ。

また母は、ある日突然父親に呼び出され、何の理由もなしに額を強く押されたそうだ。母やすぐ下の妹恒子が、祖母にねだって買ってもらった花の植木鉢を、漱石が縁側から庭にけ落としたことは『道草』にも出てくる。

〈赤ちゃけた素焼《すやき》の鉢が彼の思い通りにがらがらと破《われ》るのさえ彼には多少の満足になった。けれども残酷《むご》たらしく摧《くだ》かれたその花と茎の憐《あわ》れな姿を見るや否や、彼はすぐまた一種の果敢《はか》ない気分に打ち勝たれた。何にも知らない我子の、嬉《うれ》しがっている美しい慰みを、無慈悲に破壊したのは、彼らの父であるという自覚は、なおさら彼を悲しくした。〉（岩波文庫）

自分の行動がいかに娘たちを悲しませているかは承知の上で、ひどいことをせざるをえなかったということ、また多少の満足を感じていたということは、精神的な病に違いない。「お父様の病気」が起きた時の漱石自身も母たち家族も、まことに気の毒だったと心から同情する。

病気の時は被害妄想におそわれ、すべてが気に入らなくなり、事実ではないことまで妄想していたらしい。例えば、女中が祖母とグルになって自分に厭がらせをしていると言って、祖母が外出中に女中を追い出したことも、一度や二度ではなかったそうだ。

ロンドンでも下宿の主婦《かみ》さんが自分の後をつけて、探偵のようなことをしていたと祖母に語ったことも『思い出』には書かれている。また、早稲田の家の近所の若者たちから厭がらせを受けていると、不平を言ったこともあった。

しかし、しばらくすると病気は治まり、もとの優しい父親に戻ったという。実際叔父伸六がまだ赤ん坊で泣いたりした時、父親漱石はいつも優しく「いい子だ、いい子だ。お父様が守って上げるから泣くんじゃないよ」と言っていたと母が話してくれた。自分の幼少時代の惨めな生活が頭に残って、息子にはそんなことが絶対ないように切望したに違いない。これからみても病気の時以外は本当にやさしい父親であったことがうかがえる。しかし母と次女恒子は、この発作を度重ねて目のあたりにし、何度も恐ろしい経験をしたので、漱石が通常の状態に戻ってもその恐ろしさから心底解放されなかったとも言っていた。

こんなことがあった。一九八四年に漱石の千円札ができたとき、ちょうど東京にいた私は、当時八十五歳で少し惚《ぼ》け始めてきた母にそのお札を見せ「これ誰だか分かる」と聞いたことがある。母は、「お父様でしょう。怖かったわ」とまるで昨日のことのように語ったので、それほど父親を恐れていたのかと改めて驚いた。母はよく、「天才を父に持つものではないわ。父親は平凡な人の方がいいのよ」と言っていたが、それが母の本心だったにちがいない。

漱石が一九一〇(明治四十三)年十月に、修善寺の大患から東京に戻った日、母は駅で漱石を出迎え、「お父様にはお病気がよくなられて、お帰り遊ばして何よりでございました」というような形式張った挨拶をしたという。母はたったの十一歳の少女だったが、ここからは、父と娘のよそよそしい関係が浮かび上がってくる。

しかし、機嫌の良い時の漱石は、子供たちとよく遊んだことは、日記からも窺える。「もういくつ寝るとお正月」という歌を一緒に歌ったり、鞠《まり》をついたり、一緒に散歩に連れて行き玩具を買ったり、アイスクリームを食べさせたりしている。けれども、そんな散歩の途中でも、突然病が始まることもあったと、伸六叔父からきいた。

正月になると、漱石は子供たちに混ざって「いろはかるた」をとったそうだが、自分のお気に入りのかるたを三枚、自分の前に並べ、その三枚をとらないと気が済まなかった、と母は言っていた。まるで子供のようでおかしい。その三枚のかるたは、「屁をひって尻つぼめ」「頭かくして尻かくさず」「臭いものにはふた」というおかしなものだったそうだ。

病に侵されていない機嫌の良いときは、子供たちが書斎で遊んでも文句一つ言わなかった。時には、隠れん坊で遊ぶ純一叔父の友だちが、漱石の股の間に隠れたが、そのまま書き続けていたと叔父から何度かきいたことがある。

また年の小さい、栄子、愛子、純一、伸六の四人を相手によく相撲をとっていたが、母と恒子はその遊びに入らず、みんなで遊ぶ姿を羨ましく思いながら横で眺めていたそうだ。

しかし叔父の伸六は『父・夏目漱石』の中で、一緒に相撲を取りながらも、いつ父親が突然爆発するかが分からず、いつも恐れていたと書いている。

病気のひどい時は、早朝四時でも五時でも、自分が目を覚ました途端に、家中の者に「起きろ」とどなり、自分で布団を戸棚に放り込み、そのまま洗面所に行ってひげを剃ったが、母は剃刀《かみそり》を研ぐ、ギーギーという音に震え上がったという。

この発作の起こったときの家族の様子は、拙著『孫娘から見た漱石』（新潮選書）の中でも詳述している。

栄子叔母や愛子叔母は、「お父様はよく一緒に、かるたをとったり、お相撲をとったりして遊んで下さったわね」と懐かしそうに話していたので、父親との楽しい思い出があった年若い叔母たちは幸運だった。同時に、恐怖の思い出しかない母や恒子叔母をつくづく気の毒に思うのである。

かなり前のことになるが、アメリカの学会で"Tragic Father"（悲劇の父親）という題で、漱石と子供との関係に焦点をあてて、彼の病気について発表したことがあった。話の後で某大学の教授が、著名なスウェーデンの映画監督、イングマル・ベルイマンにも同じような病があったと聞いたが、天才にはそんなことが多いのだろうかと、感想を述べてくれた。

特別に可愛がった四女

当時、お風呂や電話を家にもつことができたのは、相当に裕福な家庭だけだったので、早稲田の家に風呂や電話がついたのは、漱石がもう晩年になってからだという(『文藝春秋』昭和五十六年九月号)。

母が幼い頃はもちろん電話もタクシーもなく、祖母の陣痛が始まると、漱石本人か女中さんが慌てて産婆さんを呼びに行ったということだ。四女愛子が生まれたときは、それも間に合わず、漱石自らが赤ん坊を取り上げたことは『道草』の中にも出てくる。ただし小説の中では三女の設定だ。

たぶんそのためだろうか、漱石はこの愛子を特別可愛がっていたことは、祖母や母から聞いている。また伸六叔父も、『父・夏目漱石』で、兄弟姉妹の中で、愛子だけが父親にどやされなかっただろうと書いている。

それでも生まれてすぐは、三人の女の子が続いた後の女子で、ひどくがっかりしたようである。それは愛子と名付けたことでも分かる。三番目の娘をエイ（栄子）とつけたので、面倒だ、いっそのことエイヤッ（アイ）ということで、愛子にしたということだ。この二人の叔母が「お父様もひどいわね。エイヤッなんて」と笑いながらぼやいていたのを覚えている。

愛子叔母は小さい頃、兄弟姉妹の中で唯一人父親にむかって自分の思ったことを何でも平気で言えた娘だったそうだ。私の母や次女恒子などの、「お父様の病気」への怯えを漱石も感じとっていたにちがいなく、上の二人の娘のように父親を恐れず、四女が気ままに自由に振る舞ったことをことさら喜んだのだろう。

愛子叔母が九歳か十歳の頃の、父親との会話にそれが窺える。

〈「お父さんたら、伯父さんのことや人のことばかり書かないで、もう少し頭を働かせなさい」

夏目は笑いながら、

「このやつ、生意気なことをいう。そんなことをいうと、こんどはお前のことを書いてやるよ」などとからかっていました。〉（文春文庫）

これは漱石が『道草』を朝日新聞に連載している頃のことで、書かれた親類がちょっとした抗議をした頃の出来事として、『思い出』に書かれている。

けれども、二人の叔母の生前、「叔母ちゃまたち、殊に愛子叔母ちゃまはお祖父ちゃまのお気に入りだったそうだから、怖くなかったんでしょう」と尋ねると、二人の叔母が同時に、「怖かったわよ。いつ突然怒られるか分からなかったんですもの」と言ったことが強く記憶に残っている。一番可愛がった娘にさえ恐れられていた父親漱石を、その時心から気の毒に思った。

母もそうだったが、この叔母二人も今の言葉で言えばパブリシティ嫌いで、私が漱石についての論文を書くときに、彼女たちに質問し、その返事を書き留めておこうとしたら、「こんなこと書いちゃ厭よ」と強く止められた。今はみな他界した。すべてが歴史になる前に、記憶の中にある彼女たちの姿をとどめておくことを、今なら許してくれるだろう。

入浴失敗談

漱石とお風呂にまつわる話は、阿部氏からも母からも何度か聞いたことがある。これを母は『文藝春秋』（昭和四十一年三月号）に寄稿している。

大正の初期は、まだ家風呂は一般的でなく、ほとんどが銭湯に通っていた。だから夏目家に初めてお風呂が入った日は、家中で興奮して大はしゃぎ。漱石自身も何度か湯加減をみに風呂場に行ったという。しかし風呂の焚き方を知らないものだから、誰も水を下からかきまわすことは考えもしなかった。やっと上の方が熱くなったので、女中さんがよさそうだと、「旦那様、お湯が沸きました」と書斎の漱石を呼びにいくと、待ちわびていた漱石は張り切って風呂桶に飛び込んだ。そこまでは良かったのだが、下はまだ冷たいままで、漱石は「ひゃっ」と悲鳴をあげて飛び出し、素っ裸で部屋へ戻ってきた。寒くて飛び跳ねている漱石をみて、家族は大笑いをしたそうだ。彼自身も怒るのを忘れて、一緒になってお腹を抱えて笑ったということである。文豪のそんな失敗談には、人間味を感じる。

漱石と電話

漱石の病気が重い時は、電話がかかって来ても、「電話はこちらからかけるためにつけた物だ。返事はしなくてもよろしい」と言って、家人に受話器を取らせなかったという。鳴り響くベルを聞きながら、皆どうすることもできなかったと母は言っていた。

時には受話器に布をまきつけ、それでもうるさい時は受話器をはずし、電話局から再三注意されたそうだ。それでも一向に耳を貸さなかった。

またある時はベルが鳴ると、わざわざ自分で電話口まで出て「夏目さんですか？　いいえ、そうじゃありませんよ」と平気な顔をしていたこともあったそうだ。

電話が普及したのはずいぶん後になってからだ。そのため母はかなりの年齢に達しても、胸がどきどきして電話がかけられなかったと言っていた。後年母は、電話で話している最中も大変丁寧な言葉遣いをし、いつも相手が目の前にいるかのようにお辞儀をしていた。それを見た私たち子供は、よく笑ったものだった。

夏目家の電灯

夏目家に電灯が初めてついたのは、母が十歳の頃のことだった。一九一一（明治四十四）年の二月二十一日のことだった。今でいう十ワットほどの薄暗い電灯だったそうだが、その明るさに皆で驚いたそうだ。それまでは行灯《あんどん》を使っていたので、母の記憶が正しければ、一九一二（大正元）年に朝日新聞に連載された『彼岸過迄』が、漱石が初めて電灯の下で書いた小説になる。

前年の修善寺の大患から生還した漱石は、東京に戻ると、長与胃腸病院に入院した。退院し、帰宅して、家に電灯がついているのをみて驚いたという。それまでは、贅沢を理由に、電気を引こうとしなかった。

漱石が初めての作品『吾輩は猫である』を書いたのが三十八歳のときで、それから亡くなる四十九歳までの十一年間が、小説家としての漱石の期間だ。主な作品を四十代で書いたことを考えると、視力はそんなに衰えていなかったのかもしれない。

最後の作品、『明暗』(未完)を書いていた頃は、胃潰瘍もだいぶ進み、規則正しい生活をしていたようだ。午前中に作品を書き、午後は南画《なんが》などを嗜《たしな》んだという。たぶん夜は執筆していなかったのではないだろうか。

電気を引いて家族皆が嬉しがったのは、スイッチをひねっただけで明かりがつくこと、また天井からぶら下がっているという二つのことだったそうだ。床におく行灯は、倒したりしたら危険なので、小さな子供たちが部屋中遊び跳ねていた、夏目家ならではの喜びであった。

漱石の門人たち

漱石は自分の子供たちには「怖いお父様」と恐れられていたが、お弟子さんたちの目にはどのように映っていたのだろうか。

学生時代から、中村是公、正岡子規、高浜虚子をはじめ、多くの友人と親しく交わりをもった。また、教師時代を経て小説家となった後も、漱石を慕って多くの優秀な弟子たちが周りに集まっていた。先に挙げた人たち以外でも、寺田寅彦、和辻哲郎、鈴木三重吉、小宮豊隆……日本近代の知を支えた、錚々たる知識層たちであった。

前述のように、芥川龍之介や森田草平も、病気が起こった時は侮辱ともとれる扱いをされながらも漱石を慕っている。

熊本の第五高等学校で教えている時、漱石は正岡子規にあてて、〈……教師をやめて単に文学的の生活を送りたきなり……〉と書き送っている。教職に縛られたくなかった。

しかし、職務に忠実な厳格な教師として、生徒から畏敬されていた。また、受け持ちの授業以外にも、毎朝一時間のシェイクスピアの課外授業も開いていた。自分の時間をさい

一九一一（明治四十四）年、漱石山房の庭で。

［後列右から］
安部能成
野上豊一郎
夏目漱石
東新
森成麟造
松根東洋城

［円内右から］
森田草平
鈴木三重吉

［前列右から］
野村伝四
坂元雷鳥
小宮豊隆
三女栄子
長女筆子
四女愛子
長男純一
妻鏡子
次女恒子

ても、生徒にはおしみなく学問を与えた。多くの先生が同じことができるわけではない。後に物理学者となった寺田寅彦は、熊本で、漱石から英語と俳句を学んだという。寺田は熊本を離れた後も、漱石との親交を深めている。漱石には厳格さの中にも、人を引きつける魅力があったのだろう。

いつも一緒に過ごしていた家族と、木曜会などでたまに会う弟子たちとは、病気の漱石の受け止め方にはもちろん濃淡があり、その差が、『思い出』を書き起こした祖母鏡子への悪妻説としてふきだしたのではないだろうか。前述した通り、私の父と母の間にも、漱石像の食い違いがあったように。

後年、『吾輩は猫である』で名が出てからは、訪問客も多くなり、漱石は自分の時間がなくなることを恐れた。一九〇六（明治三十九）年十月からは、週に一度、木曜日を面会日と決めて、弟子や他の訪問客が漱石を囲んだ。弟子たちはこの会を、漱石山房の「木曜会」と呼んだ。木曜会は漱石の晩年まで続き、文学観、人生観、社会情勢などについて、さまざまに論じあった。漱石が晩年に達した、哲学的、精神的境地「則天去私」も、木曜会で初めて論じたものである。

先に挙げた漱石研究家のブログには、「それは先生の書斎というより我々の楽しいランデエヴウというような気持ちのする事があります。我々の最も自由な最も愉快な時間が其処で過ごされたのでありますから」と、野上臼川《きゅうせん》（豊一郎）の『木曜会の話』が掲げられている。当時の雰囲気をよくあらわしている。

木曜会の常連は、高浜虚子、寺田寅彦、森田草平、鈴木三重吉、小宮豊隆、少し遅れて安倍能成、松根東洋城（松山中学の生徒）、野上豊一郎、内田百間などなどであった。後に漱石の主治医になった、東京帝国大学医学部教授、真鍋嘉一郎も松山中学の生徒だった。漱石の下には、松山時代の生徒を初めとして、私の父のような最晩年に門人になった新しい弟子も含めて、ずいぶん大勢の弟子がいたことになる。

他界する一年前の木曜会には、『新思潮』同人の芥川龍之介、久米正雄、菊池寛、松岡譲といった若い世代が、先輩に続いて出席した。その頃は寺田といった、昔からの門人たちの足が山房から遠のいていたこともあって、漱石は作家志望の若い青年たちと話すのを楽しみにしていたと言われている。

この木曜会は漱石死後、漱石の命日、十二月九日にちなんで九日会と名称を変え、毎月九日に漱石山房に弟子たちが集った。彼らが飲み食いしている様子を、私はこの目で見ている。

一九三二（昭和七）年十二月九日、漱石の十七回忌にて。（　）内は結婚前の姓。

［三列目右から］
不明
松浦嘉一
不明
宗演（？）
高浜虚子（？）

［二列目右から］
中根岡一＝倫の長男
阿部次郎（？）
鈴木三重吉（？）
野上豊一郎
小宮豊隆

［一列目右から］
松岡聖一＝松岡長男
宮沢の小母さん＝早稲田南町の隣人
石川（松岡）明子＝松岡長女
松岡（夏目）筆子
マックレイン（松岡）陽子＝著者
松岡譲
夏目（中根）鏡子

〔三列目右から〕
中根東洋城（？）
不明
不明
岩波茂雄
小倉庫次

〔二列目右から〕
真鍋嘉一郎（？）
森田草平
中根倫の後妻
新田（夏目）孝＝直矩次男
角田（千鶴子の夫）

〔一列目右から〕
夏目伸六＝次男
江副（夏目）恒子＝次女
夏目栄子＝三女
仲地（夏目）愛子＝四女
角田（夏目）千鶴子＝直矩次女
奥村（中根）梅子
佐々（鈴木）蕗子＝鈴木禎次次女

私は漱石十七回忌、一九三二（昭和七）年の写真を持っているが、ここに名前を挙げた門人たちが、祖母を初めとした夏目家の人々とともに写っている。私は当時七歳で、小学三年生だったと記憶している。その中で一番若く、出席者の中で現在生きのこっているただ一人だ。何人かは確認できないのだが、森田草平、小宮豊隆、野上豊一郎、岩波茂雄らは、女学校に入ってからも何度か会っているので、よく顔を覚えている。

野上弥生子さんの思い出

群馬県北軽井沢に法政大学村というところがある。今も別荘地として有名である。軽井沢から、今はなき草軽電鉄という小さな高原列車に乗って行った所にあった。芸能人や皇族が集う派手な軽井沢とは違い、地味な所で、名前の通り、法政大学学長の発案で誕生した静かな避暑地だった。学者や作家、音楽家といった学究肌の人が集まった土地だった。今でも派手な山荘などを建てると、昔からの別荘の持ち主が厭がると聞いた。

この村は、もともと法政大学が大きな土地を購入し、それを安く分譲した。最初は法政大学の関係者が多かったが、そのうちいろいろな人たちが別荘を建てるようになり、今はただの「大学村」にかわった。

私の家族は別荘は持っていなかったが、時々空いた別荘を借りては、いく夏かを過ごした。

女学校五年の時、理由は覚えていないが、母も姉も東京を離れることができなかった。とても暑い夏で、父が東京では仕事ができないと、私をコック代わりに連れて行ったので、北軽井沢で一カ月半ほど父と過ごした。法政大学村には、野上豊一郎・弥生子夫妻、森田草平氏、岩波茂雄氏といった漱石の弟子たちのうちの何人かが山荘を持っていた。豊一郎氏は後に法政大学の総長になったし、森田氏も法政で教鞭をとったと聞く。その夏、私は父とともに彼らに会って、近しく話をする機会があった。安倍能成氏はすでに土地は持っていたが、まだ別荘を建ててはいなかった。野上夫妻には何度か夕食に呼ばれ、私はかなり親しくさせてもらうようになった。その時以来、弥生子氏の作品にも興味がわいた。

北軽井沢では、父と漱石のお弟子さんたちが話すのをいつも脇で聞いていたが、彼らはよく「先生が、先生が」と懐かしそうに話していた。残念ながら、どんな内容だったのかは、まったく覚えていないが、漱石について語る森田草平氏の声は記憶に残っている。

ただ一つはっきり覚えていることがある。これも野上家で御馳走になったときのことだ。

弥生子氏が「九月に入ると八月の強い日差しがだんだんと柔らかくなって、今まですぐ頭上で輝いていた太陽が次第と遠ざかり、その色も赤から橙に変わっていくんですよ」とおっしゃった。作家の観察力の鋭さが、思春期だった私の心を衝いた。アメリカに渡ってからも弥生子氏の言葉を思い返したが、私の住むアメリカ、オレゴン州西部の町の夏は軽井沢の気候とどこか似ている。昼間はかなり気温が上がることもあるが、湿気が低くいつもからっとしており、日が落ちると真夏でもぐっと冷え込む。高台にある自宅の窓から、日本では高原でのみ見掛ける白樺の木も見える。今でも初秋が来ると、弥生子氏が高原の季節の変化を描写した言葉が甦る。

夏休みが終わり、九月に女学校に戻ったとき、宿題で提出した日記を読んだ担任から声を掛けられた。この女性の先生は文学好きであったのだろう。「松岡さんの日記は面白かったわ。私たちがほとんど会うことのできないような有名な人たちが毎日のように出てくるのですもの」と言われた。そう言われれば、野上夫妻、森田草平、岩波茂雄など、当時の文学界に興味のあった人なら誰でも知っていた名前であったかもしれない。そういう人たちが、漱石の門人たちなのであった。

弥生子氏とはその後、一九七九年と八一年の夏に北軽井沢まで訪ねてインタヴューしたことがある。当時の弥生子氏はもう九十代半ばだったが、たいへんお元気だった。お話をまとめたものは小論文にし、アメリカの日本文学誌に載せた。

それ以前日本でお会いしたのは、豊一郎氏が逝去された一九五〇年だった。祖母はその時七十歳過ぎで、豊一郎氏の葬儀に出るのは辛かったのだと思う。お葬式が終わり、弥生子氏が少し落ち着かれた頃に、お宅に伺ってゆっくりお悔やみを申し上げた。その頃祖母と一緒に住んでいた私は、祖母のお供をして野上家に伺い、一晩泊まらせて頂いたのである。

弥生子氏が祖母に、「私もこれからはすっかり淋しくなりますけれど、やはり女というものは、後まで残って、最後まで夫を世話するのが努めだと思っていますんですよ」としみじみ言われていた。当時まだ二十代の若さで独身の私には、死は身近でなく、あまり考えたこともなかった。また先立つ夫婦のことなどは自分からほど遠いことであったが、この言葉は不思議なほど頭にこびりついた。

祖母は三十九歳という若さで夫漱石を看取り、その後六人の子供を育てあげ、長生きしたから、弥生子氏の言葉をよく理解できたに違いない。私自身も夫を亡くしたとき、この言葉の真実の意味を改めて理解した。

怖がりと盗まれ癖の遺伝

漱石はたいへんな怖がりで、幽霊を恐れ、「怖がらない者は人間ではない」とも言っていたそうだ。

私の父は前にも述べたが、新潟県の浄土真宗の寺の息子だった。お寺と言えば人の死を扱う所。墓地も近くにあり、人が死んだ時は青い燐《りん》が燃え、人だまになるなどとよく聞かされたものだ。お寺に育った父は幽霊などまったく怖がらず、母は幽霊を信じるかどうかで、父親と夫は正反対だったと言っていた。

私自身は、残念ながら漱石から文才は受け継がなかったが、怖がりやの所だけはしっかりもらってしまった。夜中に眼を覚ました時など、ちょっとした物音を聞いても身が縮む。寝室の隣の書斎の壁にかけてあるカレンダーが、どうした弾みか床に落ち、真夜中に大きな音を立てたことがあった。息が止まるほど恐ろしくて、そんなことをしても何の助けにもならないのに、掛け布団を頭まで被って身動きもできなかったことがある。翌朝、起きて書斎に行き、自分の臆病ぶりを笑うとともに、馬鹿らしくて呆れてしまった。

どういうものか夏目家は泥棒に好かれた家だったと母はよく言っていた。たしかに、『猫』にも、『門』にも、泥棒のことはかなり詳しく書かれている。他にも、鋏、小刀、玄関に置いてあった下駄、外套、帽子などなど、小さな盗難には何回もあったと聞く。また漱石の伝記には、夏目の父母の家にも泥棒が入り、大金を持ち出されたともある。

有り難くないことに、私はこの盗まれ癖も夏目家から受け継いでしまったようだ。今までにも、ずいぶん沢山の盗難に出逢っている。

大学の研究室では二度もやられた。一度は週末の休みの後に研究室に行ったら、合鍵を使ったのか、辞書など古本屋で売れるような本を持って行かれていた。面白いことに、辞書以外に『枕草子』の翻訳"Pillow Book"も盗まれていた。Pillow とは枕のことで、英語でpillow talkというと睦言、つまり「恋人同士の寝床での語らい」になる。"Pillow Book"と訳された『枕草子』を何か性行為と関係がある本と思ったらしい。

二度目は私自身の不注意で、鍵をかけずに、ちょっと部屋を離れたすきに、椅子の上に置いてあったハンドバッグからお金を引き抜かれた。

数年前は家の前に置いた石灯籠を盗まれたし、昨春は一時間半ほど留守にした間に玄関の戸を壊されて、宝石類いっさいを持って行かれた。自宅に来た警察官が言うには、麻薬常習者たちが空き巣をねらうのだそうだ。一年以上経った今もまだ一点も見つかっていない。

五、六年前に日本から帰国するときも、日本の空港で預けたトランクの中から宝石袋を抜き取られた。余談になるが、友人にその話をしたら、飛行機会社の従業員が空港で盗むという新聞記事を持ってきて見せてくれた。ロサンジェルス、シカゴ、マイアミで特に多いのだそうだ。

盗まれた宝石袋の中には、祖母のお形見として叔母がくれた、数珠《じゅず》からとった直径一センチほどの美しい珊瑚が入っていた。祖母が豪勢な生活をしているとき買ったものに違いない。私の夫の父親の趣味が宝石細工で、その大きい珊瑚を指輪に変えてくれ、私の宝物にしていたので、非常にがっかりした。大事な宝石をトランクに入れた自分の不注意を、悔やんでも悔やみきれない。

筆まめだった漱石

漱石から受け継いでよかったことが二つある。私が勝手に思っていることではあるが。一つは、彼が学生ローンを真面目に返したように、私もお金にきちんとしていて、支払いを怠ったことはないし、アメリカの大学に通う時も、月謝は奨学金をもらい、あとの生活費はすべてアルバイトで稼いだ。卒業後も少ない収入ならそれなりにきりもりし、今まで借金というものをしたことがない。祖母の浪費癖が遺伝しないで幸いだった。

もう一つは漱石と同じように、常に時間に正確であること。待ち合わせや、自分の受け持つ授業に遅れたことがない。生涯のうちで、たった二度ほど、時間を間違えて会合に遅れたことがあったが、それを思い返すと非常に申し訳なく思う。時間に正確なのは生まれ付きの性格だときいたことがあるので、漱石のよいところをもらったと勝手に決めている。

他に、漱石を見習いたいと思っていることがある。それは手紙を書くこと。漱石の書簡集を読むと、あれほど忙しかった人にもかかわらず、漱石はまめに、律儀に手紙を書いている。弟子たちの作品への懇意な批評と忠告、面識もない読者への返事、友人への病気見舞い、自分に送られた病気見舞いへのお礼、いただきものへの礼状などなど。ある時は丁寧な手紙、ある時は簡単な葉書だったりするが、必ず書くべき手紙を出している。どんな人に対しても礼儀を欠かさない几帳面さと、奥ゆかしさを感じる。

昨今は、電話や電子メールで簡単に相手にメッセージを伝えることができるが、それさえもしない人が多いのが現状だ。この律儀さは、ぜひ漱石から見習いたい。

漱石の死

漱石が逝ったのは一九一六（大正五）年十二月九日だったが、その夕方は雨がしとしと降っていたと阿部一郎氏が言っていた。午後になって、もう持たないと分かり、祖母に頼まれた阿部氏が朝日新聞社など、方々に電話を入れ、夏目家にはだんだんと人が集まってきた。久米正雄氏が祖母から頼まれて玄関で受付をした。母は通学していた女子大の付属女学校から、迎えの人力車に乗って帰りを急いだ。しかし、途中で人力車がひっくり返り、あわてて幌《ほろ》を破って這い出して、そこから走って家に戻り、臨終に間に合ったという。

夏目家に駆けつけた一人に、俳人の高浜虚子がいた。阿部氏を呼び止め、襟の後ろから短冊を取り出し、矢立てで何か書き、「奥様に差し上げて下さい」と渡したそうだ。そこには「人の後《しりえ》にゐて冷たき息を見守れり」という句が書いてあったそうだ。阿部氏は祖母に渡したが、どこに紛れ込んでしまったものか、その短冊はなくなってしまったそうだ。

臨終の騒ぎのうちに、誰かが持って行ってしまったのだろうか。残念なことである。

漱石の死因は胃潰瘍だったと母は言っていた。漱石は色々な病気にかかった人だった。まず最初は予備門に入ってしばらくしてのことだ。初めのうちは真面目に勉強に取り組んだが、そのうちに当時の学生気分にかぶれ、まわりの成績のいい学生を点取り虫と嘲るようになった。勉強のかわりに、水泳、ボート漕ぎ、乗馬、器械体操と運動ならなんでもこなしたという。多くの若者がするように向こう見ずな青春の日を過ごし、成績も落ちていった矢先に腹膜炎を起こし、予科二級から一級への進級試験が受けられず、中村是公とともに落第した。友人たちは追試験を勧めたが、それまでの自らの態度に恥じ入り、気持ちを入れかえるために自ら落第したという。

漱石はこれを「落第」という小品で〈落第を機としていろんな改革をして勉強したのであるが、僕の一身にとってこの落第は非常に薬になったように思われる。〉（『夏目漱石全集1』角川書店）と記述している。この短い文章は、気を入れ替えさえすれば、過去の過ちを一変できることを示しており、漱石の心機一転が読みとれる。われわれにも励みになる一文である。

『思い出』によれば、大学を出てすぐに肺病の兆候があると診断され、兄二人を亡くしていたこともあり、たいそう心配したそうだが、幸いにして肺病には侵されてはいなかった。また糖尿病もあったと言われている。

また若いときには眼科に通い、同じく通院していた若い女性に興味を持ったことは知られている。その後に慢性結膜炎も患った。長い間胃病を患ったことは特によく知られている。『猫』にもよく胃病のことが出てくるが、一生、胃酸過多で悩まされたということだ。『明暗』では痔の手術も出て来る。

このように気の毒にも漱石は、健康な体の持ち主にはほど遠かったようだ。十二月に他界する年、ひと月ほど前からすでに気分が優れない日が続いていたが、十一月二十一日に、後年東大教授として多くのフランス文学を日本に紹介し、またエッセイストとしても知られた辰野隆《ゆたか》氏の結婚式に祖母と出席した。そこで好物だったピーナツを食べたのが、胃によくなかったのだと、母は何度も言っていた。辰野隆氏がそれを耳にしたかどうかは知らないが、自分の結婚式で出された食べ物で、出席者が死んだと聞いたら、誰でもいい気がしないことは確かだと、同情した。

漱石の死については彼の伝記に詳しい。

第二章

祖母鏡子の思い出

祖母という人

この章では、祖母と夫漱石との関係、また祖母とともに暮らした中での思い出を書いてみたい。

祖母鏡子が夫漱石をなくした時はたった三十九歳という若さだった。

祖母は一八七七（明治十）年に、前述した貴族院書記官長の中根重一・カツ夫妻の長女として生まれた。

祖母が生まれた年に重一は新潟に赴任し、四年後一八八一（明治十四）年に東京に戻ったという。私の父松岡譲も新潟生まれで、戦時中から戦後しばらくの間、私の家族は新潟で疎開生活をした。私自身も大戦直後二年ほどをこの疎開先で過ごした。その後東京に戻り祖母の家に世話になった。その頃の私に、祖母は一度「私も少しの間、新潟に住んだことがあるんだよ」と話してきかせてくれたが、この幼い時のことを指していたのだろう。ほんの幼児の頃のことだったので、新潟の生活についてはほとんど覚えていなかっただろうと思う。ちょうど私が京都で過ごした三年をまったく覚えていないのと同じように。

繰り返しになるが、祖母は裕福な家庭に育ったが、結婚後の二十年間は子だくさんで経済的に切り詰めた生活をした。その祖母が、夫の死後印税収入により裕福になったとき、気前よさなのか、浪費性なのか、生来の性格が戻ってきたのも無理はなかったろう。

当時の未亡人は、三十九歳という若さであっても、六人の子持ちの上に著名な作家の未亡人であれば再婚したり、また現代のように、男性との新しい出会いを楽しむなどとは考えられなかった。子供たちを不自由なく育てる以外には、自分の好きなように暮らし、気前よくお金を振りまくことが、祖母に与えられた唯一の楽しみであったことは容易に想像できる。

祖母は一九六三年に八十五歳で亡くなる生涯の間、明治女性としては、たくさんの経験をしたと思う。

一八九五（明治二十八）年十二月、松山から冬期休暇で東京に戻った漱石と見合いをし、翌年第五高等学校に赴任した彼と六月に熊本で結婚する。漱石二十九歳、鏡子十九歳の時である。

漱石と結婚した時は中根家全盛の頃で、中根家は麴町の官舎に住んでいた。新婚時代の熊本では月給百円で生活したが、漱石が英国に行っている間、中根家の父母のもとに戻った祖母は、中根が持つ小さい家に住んだ。中根重一は（第四次）伊藤内閣から第一次桂内閣に替わった時に職を失い、ついには相場に手を出し失敗した。漱石が日本へ戻る頃は、中根一家は大変苦しい生活をしていたことは、『道草』にも出てくる。

一介の教師と結婚したばかりの、東京育ちのお嬢さんが十九歳で、急に熊本の田舎に移り住んだだけでも、様子が違って大変なことだったろう。最初に身ごもった子は休みで東京へ戻った最中に流産した。その後、長女である私の母が結婚から三年して熊本で生まれた。祖母は悪阻《つわり》がひどく、一度は熊本で、家の近くの川に身投げするほど苦しんだという。私の父、松岡譲が書いた『夏目漱石』には、〈幸ひに五高の事務に居た浅井といふ人の取りなしで、危く新聞の三面記事になるところを揉み消したものであつたさうだ。〉（河出文庫）とある。

『思い出』によると、漱石は新婚早々妻にこう宣告したということだ。

〈俺は学者で勉強しなければならないのだから、おまえなんかにかまってはいられない。それは承知していてもらいたい〉（文春文庫）

お嬢様育ちの身にとってはつらい一言だったろうが、祖母の豪胆さの表れか、その言葉も受けいれ、ともかくも見様見真似で、家計をきりもりするようになっていったことは、その後の描写からも読みとれる。

熊本での生活は、漱石と祖母との二十年の結婚生活の中で、もっとも平和なひとときであったようだ。お正月には鏡子の〈年始の紋付を着て歩いてふざけておりました〉（文春文庫）という、若い新婚夫婦の楽しそうな描写もある。また収入にゆとりのない中でも、教師仲間をただのような食費代で二人も下宿させたりしたそうだから、ここでも祖母の気前のよさと、賑やかなことが好きな性質がよく表れている。

漱石は友人から金はとれないと言ったということだが、下宿する先生方のほうがただでは泊まれないと頑張り、とうとう鏡子が中に入って〈では五円も頂いておきましょう〉と言ってけりがついたそうである。この先生方には、三十年もたってから祖母がおほめにあずかったと言っている。二人そろって気前がいい、似た者夫婦とも言える。

熊本には四年と少しいたが、漱石が政府の命《めい》で英国に送られることになると、祖母は東京に戻り、中根の両親の持つ小さい家に住んだが、その間に父親が相場に手を出し、大金をなくしたことは前に述べた。私の母が何かの折りに、「株は怖いのよ。一晩ですっかりお金をなくしてしまうんだから」と言っていた。当時の私は株がどういうものなのかも知らなかったが、不思議に母の言葉は今でも忘れられずにいる。

『道草』でも、義父から〈なに千円位出来ればそれで結構です。それを私《わたし》に預けて御置きなさると、一年位経つうちには、じき倍にして上げますから〉と言われたとき、〈「どうして一年のうちに千円が二千円になり得るだろう」彼の頭ではこの疑問の解決がとても付かなかった〉(岩波文庫)とあるから、漱石も株についての知識が皆無だったのだろう。母は中根の祖父(重一)について、鏡子から聞いたことを話していたに違いない。

英国留学から帰った漱石との夫婦生活は、それまでとは一変した。夫の鬱病の症状がひどい時は激しく怒ることもあった。幼い子供のことも心配した祖母は妊娠中ということもあり、しばらくの間、両親の家に戻った。医者から〈ああいう病気は一生なおりきるということがないものだ〉と言われた祖母は、〈なるほどと思いまして、ようやく腹がきまりました。病気なら病気ときまってみれば、その覚悟で安心して行ける〉(文春文庫)と、夫の元に戻ることを決めた。そして、漱石が亡くなるまで連れ添った。

病気が起きた時はいかに大変だったかは想像できる。しかし祖母は、難しい結婚生活であったにしても、常に誠実だった自分の夫に感謝し、心から漱石を愛し尊敬していたのだと思う。後年、漱石の好い面だけを思い出し、私に話してくれたことから、それが窺える。

栄子と愛子の叔母二人は、漱石の恐ろしい面も覚えていると同時に、「お父様はよく遊んで下さったわね」と、父親らしい一面も懐かしく思い出していた。しかし、私の母と二人の叔父からは、「怖いお父様」という面からしか、話を聞くことができなかった。それは残念に思うが、もっとも苦労したと思われる祖母が、漱石の悪い面についてはまったく孫たちには語らなかった。ポジティヴでもあり、さっぱりした気性を持った祖母の性質を、私は高く評価している。そういう性格だからこそ、自分についての悪妻説をあまり気にしなかったのではないだろうか。

鏡子の戸籍上の名前はキヨ

前述した戸籍抄本には他にも面白い発見があった。

一つは、「日本が家族主義の国だ」ということ。当時の戸籍抄本には、父母だけでなく、祖父母の名前まで入っていた。アメリカの出生証明書は父母の名前だけである。

もう一つは、祖父が夏目金之助、祖母が片仮名で「キヨ」と書かれてあったことである。金之助は漱石の本名だが、特筆すべきは祖母の「キヨ」である。一般的には「鏡子《きょうこ》」として知られているが、戸籍上では「キヨ」だったのだ。キヨがいつから鏡子になったのかは定かではないが、ロンドン留学中の漱石が、祖母に宛てた手紙はみな「鏡子殿」となっている。

「キヨ」からすぐに連想されるのは、『坊っちゃん』に出て来る「ばあや」である。「ばあや」の清は、祖母とはまったく違った女性像だが、同じ音を使っている。その偶然が何となく面白い。漱石は『坊っちゃん』を書いたとき、はたして自分の妻の戸籍上の名前を意識したのだろうか。漱石が自分の妻が『坊っちゃん』のばあやのように忠実な女性でいてくれることを願って、ばあやを「清」と名付けたのだろうか、などと私は勝手に想像している。

気前のよかった祖母

祖母は夫の印税が入り始めてから多大な収入を得、漱石の死後二年して、漱石山房のあった借家を買い取った。一九一八(大正七)年のことだ。父の『ああ漱石山房』によれば、あくる一九一九年から二〇年にかけて旧家屋を壊し、その三百坪ほどの土地に新しい家を建てた。漱石の書斎と居間兼客間の、各十畳の二間続きの部屋と三方の廊下を切り離して保存した。母屋の正面からみて右側に吹きさらしの三メートル半ほどの渡り廊下をつけて通えるようにしており、別棟として独立させていた。

祖母は気が大きかった。また、気だけでなく大きな物も好きな人だった。だからその家もたいそう大きかった。もちろん、小さい子供だった私の目には、なおさら大きく映ったのかもしれない。彼女はお金に不自由なく育てられたばかりでなく、長女として特に大事に育てられたとかで、小学校以降は、家庭教師について勉強していたと母から聞いている。

下の時子と梅子は当時の華族女学校（現学習院）で学んだ。お金に不自由なく、育てられた後で、一介の教師と結婚し、さらに子だくさんでいつもお金を倹約しなければならない暮らしは、祖母にとっては窮屈だったのだろう。夫の死後に印税収入が増えてからは、生来の寛大さで、節約など念頭になく、豪快にお金を使った。

だから、莫大な収入があったにもかかわらず、祖母はすぐ使い果たしてしまい、税金を支払う頃は、お金がなくなってしまった。時には、支払い期限が迫り、税務署から派遣された検査官が来て、家中の家具を押収しようと、赤紙を貼っていったそうだ。その光景を思い出して、本当に厭だったと母がよく言っていた。

そういう時は、祖母は出版社から前借りして、税金を支払ったという。

常識外れかもしれないが、祖母という人は本当に面白い人だったと思う。アメリカ英語では、悪気なく一風変わっていて面白い人を"He (She) is a character"というが、祖母はまったくcharacterという言葉が相応《ふさわ》しい人だった。

前金の支払い分を確保する前に、好き放題お金を遣い、お弟子さんなどに困っている人がいるとどんどん助けたと聞いたから、突拍子もないほど気前がよかった。これは生まれ付きの性分であったろう。

早稲田にいる時分、また新大久保のずっと小さい家に移って以後も、一年に何度か呉服屋が山のような反物を持ってきた。祖母がそれを一つ一つ手にとって見ては、当時まだ祖母と一緒に暮らしていた二人の叔母(栄子と愛子)と次男の伸六叔父(長男純一は若い頃からヨーロッパに留学していたので、姪甥にあたる私たちが彼に初めて会ったのは、第二次大戦勃発後に帰国して、横浜港に着いた時だった)、私の両親、それに結婚して沼津で家庭を持っていた母のすぐ下の妹恒子、恒子叔母の子供たちや私たちきょうだい、というように家族全員のために反物を買い求め、着物や帯を仕立ててくれた。

私の母などは、たまに自分で、帯留めや草履《ぞうり》、下駄といった小物を買うことはあっても、着物を自分で買うことはなかった。

私が五十五年前に、日本からアメリカに持っていった着物もすべて、祖母から貰ったものである。そのうちのいくつかは夫の姪や甥の娘たちにあげたが、今でも手元に残しているものもあって、絹の着物がタンスの引き出しに入っている。半世紀以上前の着物は、今の日本で着たら流行遅れだろうが、日本人以外にはたぶん、そんなことは気づかれないだろう。

長年の習慣で祖母は着物の見立てが上手で、反物を見ただけで、誰にどの柄が似合うかがすぐ分かったと母は言っていた。祖母からの毎年のお年玉は、中にお金の入ったお財布だったが、いくら入っていたのかはもう覚えていない。当時は子供がお金の話などすると、卑しいと叱られたから、覚えていないのかもしれない。

祖母の気前のいいことを表すエピソードとして、こんなこともあった。

毎月、祖母は上手な温灸師を関西から東京まで呼びよせ、その人が宿泊していた旅館に(たしか有楽町か新橋近辺だったと思うが)、家族みんなを呼び寄せて治療を受けさせていた。

私はまだ若く、肩が凝ることを経験したことがなかったのでその恩恵には浴さなかったが、母や姉についていっては、みながいかにその治療がよく効き、体全体が軽くなって気分がよくなるかを話すのを聞いていた。わざわざ関西から呼び寄せ、家族全員に治療させていたのだから、大変な出費だったに違いない。

もう一つ思い出すのは、クリスマスに家族全員を帝国ホテルに連れて行ってディナーを御馳走してくれたことだ。こんな恩恵にあずかった孫は、私ども三人（姉、兄、私）と休暇中、沼津から東京に出て来た従姉二人と彼らの弟一人、合計六人であった。このあとの私の弟妹と従弟妹たちは、祖母がもうあまりお金もなくなってから生まれたから、彼女の贅沢三昧の生活の恩恵には浴さなかったと思う。

小さいことを気にしなかった祖母

また祖母は、小さいことをまったく気にしなかった。

漱石が死んだ直後、納棺がすむと家族以外は全員帰宅した。そのときに弟子の一人が、漱石のラッコの毛皮のついた二重回しを着て帰るのに阿部氏が気づき、祖母に伝えたが、のんびりした祖母は、「ああそう」と言っただけで気にもしなかったそうだ。それ以来、かなり高価だったそのラッコの毛皮がついたコートは夏目家から消えてなくなってしまった。

彼女は英語でいうところの、誠に“generous”な性格、細かいことなど心配せず、人に対して気前のいい人だったのだろう。阿部氏は祖母のそんな性質を、七十年たった後でも驚嘆とともに覚えていた。そんな性質だったから、お金ができた後はかなり人に利用されたのではないだろうか。

また祖母は、漱石のあまりお金にゆとりのなかった親戚を助けていたと、母から聞いたことがある。大学を卒業するまで、甥の月謝を出してあげていたという。母からそんな話を何度も聞かされていたし、また私自身が授かった恩恵からも、祖母の気前のよさや親切心や、また寛大さは心に残っている。

祖母のようにはたくさんのお金はないが、私も、夫が死んでからもずっとクリスマスには夫の甥姪たちにお小遣いやプレゼントを贈っている。たぶん夫が生きていればそうしただろうし、祖母の影響もある。

また祖母は漱石の弟子たちを経済的に援助したという。そんなにまでしてもらった弟子たちが祖母を悪妻呼ばわりし、それが世間に広まっていったと、私の母は、自分の母が漱石の悪妻として名高く通っていることによく憤慨していた。

今では女性の権利が男性と同じように尊重され、また、たとえ社会的に成功した夫でも、家事や子育てを妻と分かち合ってするのが常識と考えられている。アメリカに、半世紀以上も住む私に言わせると、日本には「悪夫」がいくらでもいるにもかかわらず、そんな言葉はなく、悪妻という言葉だけが字引にまでのっているのは、男尊女卑もいいところと思わずにはいられない。

昔の日本男性には、何人ものお妾さんを抱えた人も多かった。殊に政治家やビジネスマンなど社会的に成功したと見られる人は、お妾さんの数が多ければ多いだけ、経済的に成功した証しとされるようなところもあり、抗議するよりはむしろ、そんな男性を尊敬したという一面もあったらしい。姉の女学校時代には、有名な政治家の正妻とお妾さんの娘が同じクラスにいたそうだが、世間は別にそれを変だとも思わなかった。芸者遊びも、社会的に認められた、男性の遊びの一つであった。そして家事でも子育てでも妻の手助けをしようなどとは考えも及ばなかった。こんな男性こそ「悪夫」以外の何者でもない、と二一世紀まで生き延びた私は思う。

日本ではやれ、ソクラテスの妻が、モーツァルトの妻が、トルストイの妻が悪妻だったと言い、漱石はあのような悪妻を持ったからよい作品が書けたなどと耳にしたが、そのたびに私は憤慨している。アメリカではまずそんな馬鹿げた話を聞いたことがない。

大きな早稲田の家

祖母は賑やかなことが好きで、大勢の人が家に集まるのを喜んだ。早稲田の家に住んでいた頃は、週末や祭日、殊にお正月などは、親戚や叔父の友人たちが泊まりがけで来て、大きな家がお客で一杯だった。

お正月などは二十人も三十人も集まっては、夜更けまで二階の二間の部屋を開け放して、百人一首のかるた取りなどをして遊んでいた姿が、今でも眼に浮かぶ。若いお客さんたちが食べ放題、飲み放題で何日も遊んでいったのだから、女中さんが何人いても足りないくらい忙しかった。早稲田の家では、女中さんがいつも七、八人はいたと覚えている。

この早稲田の家の正面に大きな門があったが、そこは普段は閉められていた。お正月や特別な行事のある時だけは、大きく開かれた。その正門をくぐって敷石を歩いていくと、床が磨き上げられた大きな玄関があった。

お正月には、近所の人たちが、祖母が雇った角兵衛獅子を見に、大人も子供も家の中に入るのを許された。各部屋を踊り歩く獅子に皆ついて回っていた。獅子の大きな口に噛まれると、その年は運が良いと言われ、子供たちは噛んでもらいたいのだが、獅子が近よると、恐ろしくなって逃げ回っていた。たいそう賑やかに、遊び騒いでいた。

玄関の右側には洋間があり、その部屋にはピアノが置いてあった。クリスマスには叔母たちがこの部屋にクリスマス・ツリーを飾った。七十年以上も前のことである。デパートでさえクリスマスの飾り付けなどあまりなかった時代だったから、当時としては大変「モダン」な生活をしていたといえる。

私の記憶では、その洋間の入り口から廊下を少し奥に入り、右に曲がると、廊下伝いの左側に祖母が過ごす居間があった。廊下の右側は庭で、その廊下の終わりから、三メートル半ほどの屋根だけついた吹きさらし廊下が続いて、その先に漱石山房の書斎があった。あまりにも昔のことで私の記憶もおぼろげかもしれない。また、いくらよく知っている家でも、その内部を正確に描写するのは案外難しい。

漱石の作品を読むと、非常に詳細に間取りなどを描写していることに特に感心する。例えば『門』では、廊下や玄関、お手洗いの場所や、家の中の様子が彷彿として伝わってくる。学生時代に最初は建築家を志したというから、その才能の片鱗がみえているのかもしれない。

正門から数歩、道路沿いに左に歩くと小さい門があり、普段私たちはそこから出入りしたように記憶している。その門をくぐって、まっすぐ歩いていくと、家族が出入りする玄関があった。その小さい門よりもっと左に行くと、もう一つ、使用人用のごく小さい門があり、ご用聞きの人や女中さんはその門を使っていた。

そしてその使用人用の門を入って少し歩くと、お抱えの植木屋の住む小さな一軒家があった。この植木屋を私たちは「じいや」と呼んでいたが、そんな年寄りではなかったかもしれない。『坊っちゃん』の「ばあや」も、ある研究者によると、三十代の終わりか四十代の初めだったとしているから、実際の年齢よりも仕事の内容で、「ばあや」「じいや」と呼ばれていたようだ。母に母乳が出ず、両親が私のために乳母を雇ってくれたと前に書いたが、私たちは彼女を「ばあや」と呼んでいた。しかし、その人が家に来てくれたのは、母と同い年の二十四歳の若さだったので、乳母という仕事から、年齢に関係なく「ばあや」と呼ばれていた。

私たち孫たちはよく、この「じいや」の家の一室に上がって、彼から話を聞いたりした。どんな話を聞いたか、いろいろなことは忘れてしまっているのに、不思議と、その部屋の様子は頭に残っている。

女中さんたちが出入りする入り口は台所にあり、台所の右隣が大きな女中部屋だった。常時七、八人の女中さんがいたから、部屋も大きかった。台所の左側、正面から見ると一番奥の左側が大きな風呂場だった。

私自身が小さい子供だったせいもあるのだろうが、この祖母の家は何もかも巨大だった。二階へ上がる階段も二つあったし、中庭に行くのに地下道まであり、ここで私たちはよく隠れん坊をして遊んだ。一体いくつ部屋があったのか、今は確かではないが、二十近くあったのではないだろうか。

土地自体も三百坪以上あったと後で知った。だから、実際に漱石公園に足を運んだときに、記憶の中にある祖母の家と比べて、ひどく狭く感じた。また私が住むアメリカの、広い土地を見慣れていることも、そう感じた原因だったかもしれない。

ともかく家の内も外も、子供たちが遊ぶ場所に事欠かない楽しい家だった。

九日会の常連

晩年多忙になった漱石は、木曜日を弟子や訪問客たちへの面会日にあてたことは前述したが、それがいわゆる木曜会である。

一九一六（大正五）年十二月九日に他界した後は、木曜会が九日会となり、毎月九日にお弟子さんたちが、早稲田の漱石の書斎に集まり夕食会をしていた。この場所が今回復元される漱石山房である。

毎月大勢のお弟子さんたちが集まり、祖母はその中に混ざって楽しんでいたようである。大人には神楽坂の川鉄から取り寄せた鳥鍋を振る舞い、われわれ子供たちには美味《おい》しい卵ご飯のお重をとってくれたので、毎月九日に祖母の家へ行くのが、この上ない楽しみだった。

あの大きい家で、たくさんの機会に大勢で飲み食いしていたのだから、祖母は大金を使っていたに違いない。芥川龍之介が『侏儒の言葉』で〈あらゆる言葉は銭《ぜに》のように必ず両面を具えている。例えば「敏感な」という言葉の一面は畢竟「臆病な」ということに過ぎない〉（岩波文庫）と書いている。芥川流に言うと、祖母はひどく「気前の良かった人」、また悪い言い方をすれば、大変な「浪費家」であったということだ。この「浪費性」が、祖母を悪妻と言わせた理由の一つだったのは確かである。

ただ祖母の気前の良さの恩恵を被った弟子たちが、その恩を忘れ、悪妻と呼んだのかと思うと、少々恩知らずで、皮肉なことだったと言える。

早稲田の家は、父の『ああ漱石山房』によれば、漱石が他界したのが、一九一六年で、その後四年ほどして建て終わったという。

〈大正七年、遺族の所有となり、同じく八、九年の頃、母屋新築に際し、旧家屋をこわし、辛うじて漱石の書斎と居間兼客間の、各十畳の二間続きの部屋と三方の廊下とだけを切り離して母屋から渡りをつけて別棟とし、中の蔵書や器具飾り付けは一切在世当時のままに、邸内の一角に保存したものであった。〉（朝日新聞社）

この新しい豪勢な家も、弟子たちの間ではあまり評判が良くなかったそうだ。再び父の本から言葉を借りれば、〈その年の（注・大正十二年）十一月下旬頃、九日会の主だったメンバー十人程に山房に集まって貰い〉、その席で、寺田寅彦氏が〈先生は一生、安家賃の借家生活に甘んじていたのに、遺族は新築の高級住宅に〉という箇所がある。こんなことからも弟子たちが祖母を悪妻と呼んだと推察できる。

英語に"good old days"という表現があるが、当時の日本は、軍国主義が深刻な影響を及ぼす少し前ではあったが、今の時代では考えられないほど暢気《のんき》で平和な時代であっただろう。まさに"good old days"だったと言える。

宵っ張りで朝寝坊の祖母

悪妻と呼ばれた理由はいろいろあったと思うが、その一つは、祖母が宵っ張りの朝寝坊であったことかもしれない。夫漱石はそれをとても気にしていたらしく、ロンドンからの手紙でも、何度かそのことに触れている。

〈朝は少々早く起きるやうに注意ありたし。日本の諺にも早寐《(原ママ)》宵張はあしきものとしてある位その辺は心得あるべし。九時か十時まで寐る女は妾か、娼妓か、下等社会の女ばかりと思ふ。いやしくも相応の家に生れて相応の教育あるものはかやうのふしだらなものは沢山見当らぬやうに考へらる。……夏目の奥さんは朝九時十時まで寐るとあつては少々外聞わるき心地せらる。其許《そこもと》は如何考へらるるや。〉(『漱石書簡集』岩波文庫)

こんな手紙をもらっても、祖母の癖は治らなかったらしい。

しかし、これは祖母の体質から来ているのではないだろうか。最近アメリカで、朝寝坊が科学的に解明されたという記事を読んだ。つまり人は生まれ付き、朝型か夜型に分けられるという。その調査によると、高校生の年齢層ではほとんどが夜型だという。

その研究発表があってから、いくつかの高校で実験をしてみた。授業開始を八時とせず、一、二時間遅くしたところ、生徒たちの学習力があがったという。アメリカでは"a night person"や"a morning person"という言い方をする。日本語でいうところの、夜型、朝型である。私が教えた学生をみても、どちらのタイプにも、勉強家で優秀な学生とそれほど優秀でない学生がいた。つまり朝寝坊だから怠け者である、早起きだから優秀な学生とは一概に言えない。祖母は朝早く起きると、一日中頭がぼーっとすると言っていたが、私の朝寝坊の友人たちも皆同じことを言っているから、これは本当のことらしい。

ともかく祖母はまさに夜型"a night person"だったに違いなく、漱石はむしろ朝型"a morning person"であったのではないだろうか。二人が夫婦としてしっくりいかなかった理由の一つのような気もする。私の年若い知人に、漱石文学に傾倒しているヨーロッパ女性がいるが、彼女は典型的な夜型だ。漱石に深い尊敬を払いながらも、彼に朝寝坊を非難された鏡子夫人にはおおいに同情している。友人夫婦を見ても二人とも「朝型」または「夜型」というのが、夫婦仲もうまく行っているようだ。

祖母の贅沢な暮らし

末の雛子《ひなこ》が夭折した後も、六人の子供を育てたのは、さぞ大変だったろう。いくら女中さんがいたとしても、二歳ずつ年の離れた子供（純一・伸六は年子）を育てあげたことは、賞賛に値する。祖母の育児にも問題点があったことは確かだと思うが、母や叔母たち、叔父たちから、祖母についての不平不満を聞いたことはほとんどなかった。皆「お母様、お母様」と敬意をもって対していたように覚えている。叔父伸六が言う時はいつも「おかーま（お釜）」と聞こえたので、私たちはおかしいと笑ったものだ。

小さい頃の私が覚えている祖母はこんな生活だった。冬はお正月過ぎてから湯河原の天野屋旅館で二カ月ほど避寒し、春は京都の都ホテルに泊まって祇園祭を楽しみ、夏は日光中禅寺湖ホテルで避暑、というような豪勢な生活を送っていた。京都へ行くときはいつも私たちは駅に見送りに行った。その頃では最高級の、東海道線の一等展望車に乗っていた。たぶん、東京から京都へ行くのに十時間くらいはかかり、寝台車まであったように記憶している。

祖母は孫たちをいつも宝塚劇場に連れて行ってくれた。一緒に出かけるときは、家の前までハイヤーが迎えに来た。当時の車は今のようにヒーターなど付いておらず、運転手がわれわれの膝の上に、丁寧に毛布をかけてくれた。祖母、叔母たちは歌舞伎などにも行ったのだろうが、幼い孫たちは宝塚くらいだった。劇場で草履を脱いで、座席に正座する祖母を見ては私たちは笑っていた。生まれてから畳にしか座ったことのない人にとっては、その姿勢が一番楽だったに違いない。長年の正座のために足に大きなたこができていたことも覚えている。

頭の真ん中には禿があった。祖母が髪を結う際にそばにいた小さい孫たちが、頭の天辺にあるはげを見てびっくり仰天、「お祖母ちゃま、はげがある」とさわぐと、「いいんだよ。黙っておいで。長い間こんな髪に結うと皆ここにはげができるんだから」と説明してくれた。『猫』を読んだときも、主人が妻のはげを見て驚いたという場面があり、祖母の姿を思い出して、笑ってしまった。

冬の湯河原行きといえば、私は同い年の従姉と一緒に、旅館に泊まっていた祖母を訪ねたことがあった。小学校の高学年か女学校の低学年だったかはっきり覚えていない。子供のくせに生意気にも、車は二等（今のグリーン車）に乗るものと思い込んでいて、駅で二等切符を買い湯河原まで行った。記憶が確かではないが、駅からはタクシーで旅館まで行ったのだろう。

その翌日だったか、従姉と二人で町まで行き、射的をして遊んだ。私たちはお金を払うことも知らない無知な子供たちだった。遊び放題の後で初めて、お金を払わなければならないことを知った。祖母に払ってもらおうと、旅館まで来てくれるように頼んで帰って来た。お店の人もいいカモが来た、たくさん金を巻き上げようと思ったのだろう、「お嬢ちゃん、これを当てなさい」とさんざん煽《おだ》てられた。それで二人でいい気になったのだ。

祖母に叱られたかどうかはよく覚えていない。なんと世間知らずの子供だったのかと、今さら恥ずかしく思う。祖母が母に手紙ででも伝えたのだろう、家へ帰ってから母にさんざん叱られ、姉にも愛想を尽かされた。

贅沢三昧だった祖母だったが、戦争が始まると、食べ物が乏しくなった。ほぼ毎日、空襲もあった。当時の日本人すべてと同じように、祖母も恐怖と飢えに苦しんだ。

また戦争後の一九四六年には、漱石死後三十年たち漱石の版権も切れ、収入もなくなった。その後の祖母はかなり切り詰めた経済状況にあった。

私はアメリカに渡ってしまったが、祖母が亡くなる少し前に住んでいた上池上《かみいけがみ》の家の大きな敷地の一部が売れ、お金が入り生活が少し楽になったようだと、姉からの報告があり、安心した記憶がある。

『吾輩は猫である』の猫

『吾輩は猫である』のモデルとなった猫が死んだのは一九〇八（明治四十一）年九月のことだった。

この猫は一九〇四（明治三十七）年の夏の初めに、当時住んでいた千駄木の借家にやってきた迷い猫だと、祖母の『思い出』の中にある。

この野良の小猫は、漱石が書いた小説の猫と同じだった。勝手に家のなかに入り、子供たちはひっかかれると大変とキャーキャー叫びながら逃げまわり、女中さんが追い出そうとしてもまた入ってくる。追い出しては入ってくるの繰り返し。そのうちいつも家に来ていたお婆さんのあんまが、その猫をひっくり返して見て、「この猫は爪まで真っ黒だ。爪の裏の真っ黒な猫は福の神だから、奥さん、追い出さないで飼っておきなさい。この猫は福の神ですよ」と言ったそうだ。

それで迷信好きの祖母が飼う気になったのだと母から聞いた。

あんまの言った通り、名前もつけてもらわなかったが、この猫は夏目家にとっても、日本文学にとっても福の神となった。

ちなみにこの家は、漱石が英国留学から帰国した一九〇三（明治三十六）年一月の二カ月後に移り住んだ場所だ。夏目家が住む前には森鷗外も住んでおり、現在は愛知県の明治村に保存されている。

千駄木の家には三年半ほど住み、それから西片町の家に移ったが、そこにはたった九カ月と少ししかおらず、一九〇七年すぐにまた、このたび復元されることになった漱石終焉の家、早稲田南町七番地の家に引っ越した。『坑夫』以後の作品はみなここで書かれた。猫も千駄木から西片町、そして早稲田へと家族と一緒に移り、早稲田の家でとうとう死んだ。家族にとって大事な福猫だったから、お墓も作り、猫の塔も作り、しばらくは猫の命日には法事もしたということだ。

『思い出』の「猫の墓」の項の中で、鏡子は以下のように言っている。

〈九月十三日（一九〇八年）に猫が死にました。…こちら（早稲田南町）へ越してきてから妙に元気がなく、……いったいにしまりがなくなっていて、……いつの間にか見えなくなったかと思ってるうちに物置きの古いへっつい、の上で固くなっておりました。俥屋に頼んで蜜柑箱《みかんばこ》に入れて、それを書斎裏の桜の樹の下に埋《うず》めました。そうして小さい墓標に、夏目が「この下に稲妻起こる宵あらん」と句を題しました。……

その時夏目がご懇意の方々にあげた死亡通知のはがきがございます。

「辱知猫儀久々病気の処、療養不相叶《あいかなわず》、昨夜いつの間にかうらの物置のヘッツイの上にて逝去致《せいきょいたし》候。埋葬の儀は俥屋をたのみ箱詰にて裏の庭先にて執行仕《つかまつり》候。但し主人『三四郎』執筆中につき、御会葬には及び不申《もうさず》候。　以上」

その後文鳥が死んでここへ埋められ、それからまた犬が死んで同じくここに葬られました。犬の墓標には「秋風の聞こえぬ下に埋めてやりぬ」という句が題されておりました。するど子供たちがまねをして、金魚が死んだりすると、金魚の墓をこさえなどして、まるでここは生き物の墓地みたいになってしまいましたが、猫の十三回忌の時に、小さな祠《ほこら》でも建てようかと思ったのを考えなおして、九重の石の供養塔を建てました。そうして雑司ヶ谷《がや》の墓地にあった萩《はぎ》を移して周囲を飾りました。〉（文春文庫）

前に私が昔を懐かしく思い出したという、この九重の塔はまだそのまま早稲田南町七番地の漱石公園に残されている。

初めは猫があまり好きではなかった祖母が『猫』で主人漱石が名を上げて以来、すっかり猫党になったのが、以上の文でも分かる。

漱石自身、猫が死んだ時も犬が死んだ時も句を作って葬っている。祖母が言ったように、彼は情味が厚く、動物に対しても情け深く、親切な心持ちを持っていたことが窺える。小品『文鳥』でも彼の小さな鳥に対する細かい思いやりが分かる。数年前アメリカの新聞で、動物に親切な男性はよい夫になると心理学者が言っているのを読んだことがある。病気のために、時に狂ったこともあったが、それがなかった普段は、前にも言ったが、漱石は優しいよい夫であったに違いない。

子供の頃に早稲田の祖母の家へ行った時は、姉、兄、私、そして長い休暇中に沼津から来た従姉弟たちが、いつもその猫の塔にお水をやり、拝んだことを今でも覚えている。

この猫が死んだ後に、阿部氏は祖母にまた猫を見つけてくれと頼まれたそうだ。祖母からは、もちろん黒猫でなければ駄目という依頼だった。

週末や長い休みに祖母の家に泊まった時、夕方になるとよく、早稲田から神楽坂まで散歩をした。金魚釣りやバナナの叩き売りといった、縁日の屋台を覗いては楽しんだものだ。

小学校低学年だった私は、大好きだったバナナをそこで買い、姉に呆れられたことまで懐かしく思い出す。

それから数年して、祖母は早稲田から新大久保、そしてまた上池上に移り住んだ。戦争になり、まだ小さかった弟と妹を連れて、私の家族は父の生まれ故郷の新潟県に疎開した。一九四四年のことだ。当時私は、津田塾の寮に住んでいた。家族が疎開してからは、毎週末に上池上の祖母の家に行った。ここにも真っ黒な猫がいた。私は一九五二年にアメリカに渡り、祖母は私がアメリカに渡ってから十一年後の一九六三年に亡くなった。彼女は最後まで黒猫を飼っていたのではないだろうか。

迷信担ぎの祖母

祖母の迷信担ぎは相当なものだった。小さい頃から、祖母の家に行った時は、たいてい祖母の隣に床《とこ》を敷いて寝た。

上池上の家では私の布団のすぐ横に仏壇があり、祖母は床に入る前に真剣に拝んでいたのをいつも目にしていた。何を祈っていたのか聞いたことはないが、信心深いのにはいつも感心していた。

妹末利子は祖母に似て信心深い。私の父はお寺の長男に生まれ、お寺に嫁した叔母もいた。母方の叔母二人も、従妹の一人も熱心なクリスチャンである。親戚にはこのように信心深い人が多い。

私自身はカトリックの女学校で五年間過ごしたにもかかわらず、どういうわけか生来まったく宗教とは縁遠い。アメリカの心理学者によると、生きるために宗教が必要な人と、必要をまったく感じない人がいるそうだが、私は明らかに後者である。アメリカの友人に、どうして宗教を持たずして生きていられるのかと聞かれたこともある。そのとき私は、自分の良心で生きていると答えた。逆境に置かれても、自分で処理するより他にはないと考えている。主人の病がひどかった時、アメリカの友人に宗教心があれば、苦しさが軽減するだろうとすすめられたが、どうしてもそれができなかった。こうして神仏に頼ることができないから、それができる人を羨ましく思う。そして自分が無宗教なためか、信心深い人を見ると感心してしまう。祖母もその一人である。

彼女はいっとき拝むと、その後で床につき、長い間床の上に腹這いになって、一人でトランプをしていた。あんな姿勢でよく長い間トランプなどできたものだと今でも感心する。祖母は生来丈夫な人だったにちがいない。漱石は前述のように、あらゆる病気を持った人だったが、祖母が病気をした記憶が私にはない。だからしばしば病気をした漱石の世話ができたのだと思う。このトランプは翌日の運勢を見るためのソリテールだった。すぐに開けば、翌日の運勢がよいということだったらしい。何年間も飽きることなく毎晩必ずやっていたが、つまると少々インチキをした。

子供の頃、近くで見ていた孫たちが馬鹿正直に、ときどき「お祖母ちゃま、狡《ずる》い」などと言うと、「いいんだよ、黙っておいで」とかえって叱られていた。このトランプ占いも亡くなるまで続けていたのだろうか。

迷信担ぎといえば、母のすぐ下の妹、恒子叔母のことを思い出す。彼女は三十代半ばの若さで、三人の子供を残して突然亡くなった。インフルエンザウィルスが発見されたのは一九三三年だが、亡くなる時の状況から考えると、まさにインフルエンザの症状である。叔母は一九〇一年生まれなので、ウィルスが発見された少し後で亡くなったということになる。大学の教授仲間も、両親をインフルエンザで亡くして孤児になったときいたことがあるので、世界的に流行した時期にあたるのかもしれない。

恒子叔母は正月休みに、子供たちを連れて沼津から東京の祖母の家に遊びに来ていた。元気に過ごしていたが、帰宅して間もなくの一月二十日に、突然他界した。その正月休みに、祖母がいつものように皆を宝塚へ連れて行ってくれたが、どんな筋だったのかは記憶にないが、一頭の大きな牛が大きな音をたてて、突然舞台から下方に落ちる場面があった。叔母が亡くなってから、祖母は宝塚で牛が落ちた時はとても厭な予感がしたと何度も繰り返して言っていた。恒子叔母は丑年生まれだったのだ。自分の悪い予感が当たったと嘆いていた。

恒子叔母

恒子叔母は母より二つ年下だった。漱石が英国留学に出発した後に生まれたせいか、父親の愛情は深く注がれなかったようだ。前述のように、母とこの叔母は、幼い頃から漱石のひどい鬱病発作を再三経験したので、非常に漱石を恐れていた。

母は「天才の子供に生まれるものではないわ。凡人の親を持つ方が子供は幸せよ」と何度もしみじみ言っていたが、天才が皆、あのような病を持っているわけではない。例えば、森鷗外の子供たちの書いたものを読むと、彼らが父親をこよなく愛していたことは明らかである。

それでも母は、漱石にとって初めての子供だったので、生まれた時は非常に喜んでいる。「安々と海鼠《なまこ》の如き子を生めり」という句を詠み、英国に留学するまでは、随分可愛がったらしく、熊本では乳母車に乗せて連れ歩いた様子も『道草』に出てくる。祖母も、〈最初の子供ではあり、結婚してから満三年の後にできた子ではあり、ずいぶんとかわいがりまして、自分でよく抱いたりいたしました〉と『思い出』（文春文庫）に書いている。

また、字が上手になるようにと、漱石自らが「筆」と命名したことも、父親の娘に対する愛情がにじみ出ている。しかし残念なことに、母はどちらかというと悪筆の方だった。それを人一倍苦にして、書類に署名することさえ厭がった。手紙もほとんど書かず、どうしても必要な時は父、松岡が代筆していた。私も若い頃はずいぶん代筆をした。母の場合は、父漱石の期待に添えなかったことを、非常に負担に感じていたのかもしれない。

私の自宅には、父が新潟から持って来たという、古い立派な大きな雛祭りの人形があったが、毎年それを飾るたびに、同じ雛壇に小さい三人官女が飾られていた。それは、母の初雛に、正岡子規がくれたものだそうで、母は生涯大事にしていた。漱石と子規の友情を表す宝物だった。

後年、漱石は下の二人の娘を「栄子さん」「愛子さん」と呼び、母とすぐ下の妹は

「筆」「恒」と呼び捨てたという。年をとった親は、下の子へより甘く接したのだろうと、母は解釈していた。漱石の自分たちへの振る舞いを批判したくないという思いだったろうか。若い頃私が母に「私たちが小さいときは、あれはしてはいけない、これもしてはいけない、ときびしかったのに、弟や妹は甘やかして何でもさせている」と少々不平をこぼした時、「親ははじめの子供たちはよく育てなければと力むけれど、末の方へいくと面倒になるのよ」と説明してくれた。事情は違うが、母の父親の話から、こんな昔のことを何となく思い出した。

恒子叔母は、祖母の選んだ男性と結婚して子供を三人もうけたが、結婚自体はあまり幸福なものではなかった。夫は当時名のある金満家の子息だったそうだが、あまり頼りがいのある人ではなかったらしく、叔母は子供たちを連れて、しばらくして別れた。それがいつ頃のことなのかははっきりしないが、私たちきょうだいがはじめて沼津に遊びに行った時には、まだ彼は家族と一緒にいたように覚えている。いとこたちはみないい子で、学校が長い休みに入ると、祖母の家で一緒に遊んだ懐かしい思い出がたくさんある。孫のなかで私より年上で今も生きているのは、この二人の従姉だけである。

恒子叔母が結婚したときは祖母もお金がある時だった。また、相手も金満家の息子だったので、盛大な結婚式をあげたそうだ。当時は花嫁の数年間分の着物を用意していくのが習慣で、貧乏なら一棹《ひとさお》簞笥の結婚、三棹、五棹、七棹、九棹簞笥と、お金が掛かった分、数は大きくなっていった。花嫁が実家を出るとき、その簞笥を男衆が担ぎ、通りを練り歩きながら相手の家まで届けたそうだ。恒子叔母の時は、七棹だか九棹で、どこのお大名のお姫様の結婚式だろうと見物がでたほどだったと母から聞いた。私の父は、このお婿さんの頼りなさに早々に気づき、祖母に「この結婚はお止めになった方がいいのではないですか」と忠告したそうだが、祖母は相手の家柄とお金に目がくらんだらしく、父の提案に応じなかったとか。

祖母は残念ながら、正しい判断に欠けていた。叔母も気の毒だったし、子供たちも気の毒だったと母がいつも言っていた。祖母が賢母ではなかったということを私は否定できない。

叔母が亡くなってから、いとこたちは沼津から東京に出て来て、しばらくの間祖母の家に住んでいた。祖母の家にはまだ叔母二人も住んでいた。いとこたちは窮屈に思っていたのだろうか。従姉の一人から数年前に「陽子たちのことをいつも羨ましいと思ったのよ」と言われた。私の家は貧乏ながらも、両親が揃っていたからだろう。

今アメリカでは離婚する夫婦が多く、両親のどちらかが子供を引き取った場合も、生活のために外に働きに出なければならず、多くの場合は、年とった祖父母が世話することになり、世代間のずれもあって子育ては難しいと、しばしばメディアで取り上げられる。そのたびに私はいとこたちの当時の姿に思いを馳せる。

漱石記念館

アメリカではお金持ちが公共機関に寄付するという伝統が昔からある。たとえば、最近でもマイクロソフト社長ビル・ゲイツが、貧しい国にマラリア、エイズ、肺病を撲滅するために、何百億円にあたる大金を出している。二〇〇八年にはマイクロソフト社長職を退き、世界の慈善事業のためにもっと努力するとも公言した。

もちろんビル・ゲイツは現在では世界一の金持ちだが、自分の贅沢のためだけにお金を使う金持ちが他に大勢いることを考えると、惜しげもなく寄付金を出すゲイツ夫妻は、世界に多大な貢献をしている点で、尊敬に値する。またもう一人の投資家、世界第二の金持ちのウォレン・バフェットも、かなりの財産をゲイツ基金に渡し、慈善事業に使ってもら

う と発表した。
アメリカの美術館やコンサートホールの多くは人々の寄付で成り立っている。最近では、私立だけでなく州立の大学さえも同窓生や町の人々の寄付で運営されていると言っても大げさではない。私が住む州の大学も、州から出るお金が最近は全支出のたった十三パーセントだそうだ。だから気前のいい、富豪の同窓生を数多く持つ大学は、彼らから多額の寄付をもらうことができる。私が長年勤務したオレゴン大学も、ナイキの創業者が愛校心深い同窓生で、過去数年の間に億にのぼる多額の寄付をしており、それで図書館増築、法学部の新しい建物（父親が法科の卒業生のため）、スタジアム等々を建てている。彼の他にも美術、音楽に興味のある卒業生は美術館の増築、音楽部の改築と、何万ドルを惜しげなく寄付している。このように、公共機関に寄付するのはアメリカの伝統と言える。それで私のような貧乏人でさえ、大学その他の機関に毎年寄付している。アメリカでは寄付をするということが一般的な行為である。その理由は、もちろん気前のいい人が多いということもあるが、その他にも、寄付をすると、税金を払う際、その人の収入に応じて寄付金の何パーセントかが、税金から引かれるという制度がある。これは、寄付をもらう側にとっても、する側にとっても大変有利な制度であると思う。

しかし日本では、ごく最近まで一般人には寄付するという意識がなかったと聞く。そのせいだろうか。母筆子が語ったところによると、父松岡譲が、祖母にかなりの収入があったときに、漱石記念館を建てたらどうかと提案したことがあったが、祖母は興味を示さなかったそうだ。

弟子たちも、祖母のお金遣いが荒かったためか、その計画の援助に賛成しなかったという。もし出来ていたらと思うと残念だが、もし建てられていたとしても、空襲で焼けていたかもしれない。小宮豊隆氏のお陰で、漱石の著書が無事仙台に残っているだけでも感謝すべきことかもしれない。

このたび復興される予定の漱石山房はどのような形になるのだろうか。書簡をはじめ、様々な漱石に関するものが寄贈され、漱石文学研究者、及び彼を慕う一般読者が楽しみながら利用できるよい記念館になってほしいものだ。

祖母は本当に悪妻であったのか

それでは、本当に祖母は、世間で言われているように、悪妻だったのだろうか。

私は、戦争が終わってから少しの間、ある日本官庁で翻訳者として働いたことがある。当時私が祖母と一緒に住んでいることを知っていたある年配の部長に、「あなたのお祖母様は悪妻だったんですってね」などと笑いながら言われたことがあった。随分と失礼な質問だが、これは祖母の悪妻の評判が、広く当時の読者に広がっていたことを表すエピソードである。

しかし正直なところ、昔の感覚では、祖母が弟子に悪妻と言われた理由のいくつかは、納得できるところもある。

まず前述のように、祖母はあまりに鷹揚で、お金遣いが非常に荒かった。しかしそれは夫の死後に印税収入が入ってからのことである。

漱石の生前は、教師の給料や新聞記者になってからの給料だけで、夫と自分、それに六人の子供という大きな家庭を賄ったのだから、そのやりくりは大変だったに違いない。

また新婚早々熊本にいた時など、漱石の月給もそう多くなかったろうに、漱石の父には月謝などを返し、姉には送金し、また大学ローンの返済など支出が多かった。にもかかわらず、不平一つ言わず、夫の友人たちをただ同然の安いお金（五円）で下宿させたり、また学生を助けたり、正月には大勢の人に御馳走を振る舞ったり、と多くの援助を施している。普通の人になかなかできることではない。だから、夫を助けたという点では、むしろ良妻だったと私には映る。

確かに祖母は、夫に従順に従うような古風な女性ではなかった。彼女はその点では現代的であった。ずいぶん前になるが、親しくしていた今はなき作家の大庭みな子氏が、現代的な女性として鏡子夫人を尊敬していると語ったことがあった。妻も一人の人間として尊敬されるべきで、夫の言うことが正しくなければ、異議を申し立てるべきだと私自身も信じている。正しく生きた女性を悪妻と呼ぶのは、大いに理不尽である。明治生まれの日本の男性たちには「女大学」の意識がまだ抜けきっていなかったのだろう。時代の違いもあるので、現代的な女性を悪妻と呼んだ男性たちを、真っ向から非難はできないが。

少し脱線するが、私の大学の同僚に、英語で日本文学を教えていた教授がいる。彼のクラスで英訳の『源氏物語』を読ませたところ、ある女子学生が研究室にやってきて、「自分はクリスチャンなのでこのような淫らな文学はとても読めない」と言ってきたそうだ。無理に読ませることもできず、『竹取物語』だったと思うが、別の題材を与えたそうだ。平安時代と、現代の習慣や道徳の違いを一考するいい例である。同時に、宗教観をあてはめてしまっては、真に文学を鑑賞することはできないという例でもある。

二〇〇五年だったと記憶しているが、国連の調査では、国の中における女性の地位が日本の場合、全世界で三十六位であると読んだ。また二〇〇六年十一月の世界経済フォーラムで発表された、百十五カ国の男女格差調査報告書の経済、教育、健康、政治の四分野のデータを指数化して比べたランキングでは、日本は七十九位だったそうだ。日本は、女性の健康の分野ではトップだったが、経済八十三位、教育五十九位、政治八十三位だったという。いずれも文明国家としては最低である。現在でもそうなのだから、漱石の時代の女性の地位がいかに低かったかは想像に難くない。

意地を張る夫婦

これも母から何度も聞かされた話である。

一度漱石が「すき焼」が美味《おい》しいと言ったら、祖母が何日も続けて「すき焼」を食べさせたそうだ。漱石は漱石で、いつまで続けるか見てやろうと何も言わずに食べ続け、お互いに意地を張り合ったということだ。こういった状況が続いていたとしたら、確かに祖母は良妻とは言いがたい。

しかし、漱石と祖母は二人とも、生まれつき強情だったのではあるまいか。似たもの同士が一緒になり、こだわりが存在し続ける夫婦というかたちは、ある意味不幸だったかもしれない。

『道草』の中には印象的な箇所がいくつかある。その一つに、主人公・健三が原稿料を妻に渡す場面がある。妻が夫の少ない給料で家計を賄うのが難しく、自分の家から持ってきた着物を質に入れているのを知り、少しでも助けなければと、夫は精を出し原稿を書き、報酬を得て、それを彼女に渡す。

〈その時細君は別に嬉《うれ》しい顔もしなかった。しかしもし夫が優しい言葉に添えて、それを渡してくれたら、きっと嬉しい顔をする事が出来たろうにと思った。健三はまたもし細君が嬉しそうにそれを受取ってくれたら優しい言葉も掛けられたろうにと考えた。それで物質的の要求に応ずべく工面されたこの金は、二人の間に存在する精神上の要求を充《み》たす方便としてはむしろ失敗に帰してしまった。〉(岩波文庫)

これは、世間一般の、多くの夫婦が体験する心理ではないだろうか。相手がもう少し歩み寄ってくれたら、と淋しく思う夫婦の姿を、驚くほど巧みに表現している。

また、漱石がロンドンから鏡子に宛てた手紙の一部分には、次のような箇所がある。

〈倫《ひとし》さんの手紙によると筆は何か大変な強情ばりの容子だ。男子は多少強情がなくてはいかんが、女がむやみに強情ではこまる。〉（『漱石書簡集』岩波文庫）

前章でも書いたが、漱石はしばしば男と女を区別したがる傾向があった。これも、自分は男だから強情でもいいが、女は強情であってはいけないということらしい。

漱石の文章には往々、男尊女卑の思想がうかがえる。例えば、樋口一葉の作品に感心し〈男でもなかなかこれだけ書けるものはない〉（『漱石の思い出』文春文庫）と言ってみたり、〈外国ではエリオット女史の如き、随分男子以上の処まで突き進んで居る者もある。〉（「作家としての女子」『女子文壇』）と書いているように、一般的に女は男より劣っていると見ていたようだ。やはり漱石も明治の男だったのだ。

祖母の近代性

漱石は、自身を強情だと書いているが、荒正人の『漱石研究年表』では漱石は左利きであったかもしれないとしている。重い左利きの子供を矯正すると、性格に良くない影響を与え、往々にして強情な人間になるとも聞く。漱石の場合は、今はもう想像するしかないが、仮に幼い頃、時に憎悪の感情まで持った養父母に無理に直されていたとしたら、それが漱石の性格形成に影響したであろうことは容易に想像できる。

アメリカでは人口の一割が左利きだと言われている。人々はごく自然のものとして受け止め、誰もそれを矯正することなど考えない。私の孫にミドルネームをソーセキと名付けた男の子がいるが、彼も左利きである。親も周りの人も矯正など考えもしない。生まれつきな自然なことを無理にでも直すのは、日本人の同一性を好む表れの一例なのだろうか。

ある日本の家族で、左利きの息子を学校の先生が無理に直そうとしたため、それを嫌がり、一家でアメリカに移住したという話も聞いたことがある。歴史的にみて多くの天才、殊にアーティスティックな人に左利きが多いと言われている。例えば、ミケランジェロ、レオナルド・ダ・ヴィンチ、パブロ・ピカソなど、みな左利きだったと、最近「左利きについて」の本で読んだ。漱石も並べてみると面白い。

漱石は『道草』の中で以下のように書いている。

〈「単に夫という名前が付いているからというだけの意味で、その人を尊敬しなくてはならないと強《し》いられても自分には出来ない。もし尊敬を受けたければ、受けられるだけの実質を有った人間になって自分の前に出て来るが好《い》い。夫という肩書などはなくっても構わないから」

不思議にも学問をした健三の方はこの点においてかえって旧式であった。自分は自分のために生きて行かなければならないという主義を実現したがりながら、夫のためにのみ存在する妻を最初から仮定して憚《はば》からなかった。

「あらゆる意味から見て、妻は夫に従属すべきものだ」

二人が衝突する大根《おおね》は此処《ここ》にあった。

夫と独立した自己の存在を主張しようとする細君を見ると健三はすぐ不快を感じた。ややともすると、「女のくせに」という気になった。それが一段劇《はげ》しくなると忽《たちま》ち「何を生意気な」という言葉に変化した。細君の腹には「いくら女だって」という挨拶《あいさつ》が何時でも貯《たくわ》えてあった。〉（岩波文庫）

漱石は、学習院輔仁会での講演「私の個人主義」の中では、自分の権利を主張すると同時に他人の権利も尊ばなければいけないという、当時としては非常に進歩的な民主主義の考えを持っていた一方、男女のこととなるとまさに明治の男性だったのだと思う。

と同時に、二年以上英国に住み、西洋文学・文化を身につけた漱石が、自分の男尊女卑的な考え方を自覚していたことも明らかである。それにもかかわらず〈自分は自分のために生きて行かなければならないという主義を〉実行できなかったというのも、やはり彼が明治の男性であったと同時に強情っぱりだったのだろうか。

〈あらゆる意味から見て、妻は夫に従属すべきものだ〉という旧式な考えを自覚していた漱石は、「形式的な昔風の倫理観に囚われ」ず〈自己の存在を主張しようとする〉近代性をもった祖母を、時には憎みながらも、皮肉にも尊敬し、そして愛していたというのが私の見方である。

戦時中の週末の過ごし方

前述した通り、戦時中の私は、国分寺から少し入った津田塾専門学校（現津田塾大学）で寮生活をしていた。

家族が疎開する前は、週末ごとに田園調布の家族の家へ帰り、月曜日の早朝に学校に戻っていた。家族が新潟に疎開してからの週末は、上池上の祖母の家で過ごすようになった。

当時津田塾の近辺はまだ農家が多く、戦時下の日本が深刻な食糧難に陥っていく中でも、野菜や卵など買うことができた。東京に家のあった寮生は、帰宅する前には農家に立ち寄り、野菜や卵などを買ってリュックサックに詰めて背負って帰った。私も週末になると、重い荷物を背負っては祖母の家に行った。祖母はとても喜んでくれた。

空襲がだんだんとひどくなり、上池上あたりにも空襲警報が鳴るようになると、祖母、叔母、またやはり祖母の家に世話になっていた姉と一緒に、何度も小さな防空壕に入るようになった。

一八七七（明治十）年生まれの祖母は、あの頃六十代の終わりだったろうか。若い我々でさえ、サイレンが鳴るたびに小さな粗末な防空壕にもぐり込み、真っ暗な窮屈なところで、身を屈めながら警報が解けるのを待つのは容易ではなかった。七十歳近い祖母にとっては本当に辛いことだっただろう。

ある週末は庭に焼夷弾が落ちた。芝生が燃え始め、私と姉とで井戸から水を汲んでは水をかけ、火を消すことができた。幸い大事にはならなかったが、筋向かいの家では屋根の真上に焼夷弾が落ちて、気の毒にもあっという間に家全体が焼けてしまった。そんなことがあっても祖母は絶対疎開はしないと言い張っていた。東京で生まれ、幼い頃に新潟で過ごしたことや、漱石との結婚直後の熊本での数年を除けば、一生を東京で生きたのだから、死ぬなら東京で、と言っていた。幸い、祖母の家は焼け残った。

戦後すぐの数年間

津田塾での最後の一年半ほどは、女子も動員され学校工場で働かされた。学業の時間は十分ではなく学問の力もつかなかったが、占領後は若い女性の身の安全を学校が保障できないという理由で、終戦と同時に学校から卒業証書を与えられた。

私は新潟の家族の疎開先にしばらく身を寄せたが、少ししてまた東京に戻り、空襲で焼けなかった祖母の家に世話になった。それは、アメリカに渡るまで続いた。

姉はその間に結婚して自分の家を持った。同居していた独り者の栄子叔母は、結婚して葉山に住んでいた愛子叔母の家に行ってはしばらく泊まったりしていたので、家には私と祖母と、長い間勤めていた女中さんの三人きりになることがよくあった。

お陰で、祖母と二人きり、ゆっくり話す機会を持つことができた。たまに私の友人が遊びに来ると、祖母は喜んで彼女たちとも話をした。今でもその友人たちが、「お祖母ちゃまがいい方で、私たちといろいろ話して下さった」と言ってくれる。

いつの頃のことだったろうか。祖母と住んでいた時、漱石の昔のお弟子さん（松浦嘉一氏だったと思う）が訪ねて来たことがあった。彼が私に、「お祖母様にそっくりですね」と声をかけたら、祖母が「私が若い時は陽子よりずっと美人でしたよ」と言ったので、松浦氏は苦笑しておられた。

当時の祖母はでっぷり太っていた。私も、東京の食糧難の時代にもかかわらず、かなり太っていたので、案外外見が似ていたのかもしれない。

後で姉に、祖母が自分が若いときは美人だったと言っていたと伝えたら、姉が「まあ、お祖母ちゃまったら随分自惚《うぬぼ》れているわね」と言い、二人で大笑いしたことを覚えている。祖母のお見合い写真が残っているが、本当になかなかの美人で、漱石がその写真を気に入ったという説には納得できる。

優しい所もあった祖母

一九五二年七月、私は日本を発ちアメリカに渡った。出発の日も、祖母の家から空港に向かった。少し前に、日航の飛行機が大島三原山に落ちたので、祖母がひどく心配していたことを懐かしく思い出す。

1951年頃、著者と祖母鏡子。漱石の墓石の前で。

祖母は聖人《せいじん》とはほど遠かったかもしれないが、優しいところもずいぶんあった。

上池上の家に世話になっていた数年間、私は進駐軍のオフィスで、通訳や翻訳兼タイピストの仕事をしていた。

ある日突然、インフルエンザにかかり、職場から家まで軍のジープで送ってもらったことがあった。その後の数日間は高熱でうなされた。祖母が大変心配してくれ、私がよくなるまでは何日間も、真夜中過ぎても床につかず、私の看病をしてくれた。大雑把と思われていた祖母だが、私の額の濡れ手拭いを何度も絞っては替え、替えては絞って非常に親切に世話をしてくれた。今でも有り難く思い出す。

祖母は六人の子供を育てたのだから、病気の子供の世話も、何度もしたに違いない。私はその時の優しい祖母の姿を思い出すたびに、漱石と祖母の関係に思いを馳せた。男でも女でも、相手次第でこちらの態度も変わってくる。たぶん漱石にあのような病がなく、普通の夫であったら、祖母もかなり違った態度になり、優しい妻になっていたのではないだろうか。

『道草』には、妻がよくヒステリーを起こすとあるが、私が知る限り、祖母にそんなそぶりを一度も見掛けたことはなかった。ずいぶん昔になるが、友人の家に遊びに行った時、その友人の母親が突然ヒステリーの発作を起こすのを見たことがあるので、私はヒステリーがどんな状態になるのかを知っていた。祖母のヒステリーは悪阻《つわり》の時だったそうだから、私の知っていた頃の祖母の姿ではなかったのかもしれないが、日本での二十数年間、ヒステリーどころか祖母が本当に怒ったことを、私は一度も見たことがなかった。また、人の悪口を言ったり、愚痴をこぼすことを聞いたこともなかった。孫の一人である私だけの体験に限られているから、家族の他の人は目撃したかもしれないが……。

私の母は、祖母が身籠もった初めの数カ月間、悪阻の苦しみは尋常ではなかったとよく言っていた。たぶん漱石は、その時の妻の苦しみを描いたのだろう。

漱石はそのヒステリーが、二人の間の精神的闘争の一種の緩和剤になったと書いている。私の母は、漱石の鬱病発作後は別人のように優しくなったとよく言っていた。

それならば、緩和剤は、祖母の悪阻の際のヒステリーと、漱石自身の鬱病発作の半々ではなかったのだろうかと想像する。

『道草』の中で漱石は、前述のように、子供が無邪気に愛でている植木鉢を縁側から蹴落とすというような、残酷無謀な行動を正直に書いてはいるが、叔父伸六が言うには、実際の行動は彼が書いたものよりもっと激しかったという。母も、祖母が漱石の部屋から髪を乱して出てきたのを目撃したと言っていた。そんな光景を見た後は、父親である漱石が死んでしまったらいいとまで思ったくらいだという。

いくら自伝的小説とはいえ、漱石は多くの作家と同じように、自分の弱点を百パーセントさらけ出さなかったのだろうか。それとも、ひどい鬱病発作の最中では、自分の行動を把握する意識がなかったのかもしれない。

現在の医学では、アルツハイマー患者がしばしば自分の行動を認識できないことが証明されている。それと同様、漱石自身も鬱病がひどかった時の自分の行動を、はっきり意識しなかったのか、また認識できたとしても、『道草』でも書いているように、止めることができなかったのだろう。

といった意味で、妻のヒステリーと、夫の鬱病発作が、それぞれ夫婦の緩和剤になったという私の見方が、妥当ではないだろうか。

お祖母ちゃま、お祖父ちゃま

幼い頃からの習慣で孫たちの幾人かは、何歳になっても、祖母について話す時は子供の時から呼びなれた「お祖母ちゃま」という呼び方を使っている。また、従姉妹からの手紙では、漱石を「お祖父ちゃま」と書いている。つまり孫同士では、彼らは「お祖父ちゃま、お祖母ちゃま」なのである。

私がまだ幼い頃、文学少女だった二つ年上の従姉は、時々祖母に「お祖母ちゃま、お祖父ちゃまのお話もっとして頂戴」と言っていた。すると祖母は、「お父様はね、とても親切にいろんなことを教えて下さったんだよ」とか、「情け深い方だったんだよ」などと懐かしそうに話していた。

母や叔父たちからは「怖いお父様」としか聞かされていなかったが、祖母の口からは、鬱病に悩まされた漱石がいかに恐ろしく、一緒に暮らすことがどんなに大変であったかなど、一度も聞いたことがなかった。私が幼かった頃のみならず、成長し一緒に暮らすようになっても、それは変わらなかった。

『道草』を読み返してみると、漱石の妻への目線の暖かみが滲み出ていることが感じられる。何度も書いたが、祖母は悪阻にひどく苦しみ、熊本ではある夜、白川に身を投げたとも言われている。その後の描写には、〈毎夜細い紐《ひも》で自分の帯と細君の帯とを繋《つな》いで寐た。紐の長さを四尺ほどにして、寐返《ねがえ》りが充分出来るように工夫されたこの用意は、細君の抗議なしに幾晩も繰り返された。〉というのがあるし、また、こういう一文もある。

〈健三は時々便所へ通う廊下に俯伏《うつぶせ》になって倒れている細君を抱き起して床の上まで連れて来た。……

枕辺《まくらべ》に坐《すわ》って彼女の顔を見詰めている健三の眼には何時でも不安が閃《ひら》めいた。時としては不憫《ふびん》の念が凡《すべ》てに打ち勝った。彼は能《よ》く気の毒な細君の乱れかかった髪に櫛《くし》を入れて遣《や》った。汗ばんだ額を濡《ぬ》れ手拭《てぬぐい》で拭《ふ》いて遣った。たまには気を確《たしか》にするために、顔へ霧を吹き掛けたり、口移しに水を飲ませたりした。〉（岩波文庫）

漱石がいかに妻の身体を憂えて気遣い、優しく労《いたわ》ったかがよく表現されている。彼はその頃、「病妻の閨《ねや》に灯《ひ》ともし暮るる秋」という句を詠んでいる。悪阻で苦しむ妻を憐憫と深い愛情をもって見守っていることが窺える。

だから祖母は、漱石の病気以外のときの優しさをより強く覚えており、その記憶が後々まで頭に残っていたのではないか。だとしたら祖母は、案外ポジティヴな考え方をした女性だったに違いない。こう考えると心が暖まる。

また、漱石が病気でない時は非常に同情深い人であると、鏡子は『思い出』の中で何度も繰り返して言っている。だから情味のある漱石が、病気のときの彼より、ずっと強く彼女の記憶にあるに違いない。

〈いったい、夏目は涙もろい質《たち》で、人の気の毒な話などにはすぐに同情してしまうほうでしたし、また頼まれれば欲得を離れて、かなり骨折って何かとめんどうを見る質《たち》の人でした。〉（文春文庫）

昔、仲六叔父が、「この頃はもう漱石は流行らない」と祖母に話したところ、大変悲しそうな顔をしたそうだ。自分の愛した夫の作品が、いつまでも読者に愛され続けてもらいたいと思っていたに違いない。漱石の死後、九十年以上経った今でも、彼の作品が多くの読者の支持を得ていることをあの世の祖母が知ったら、どんなに喜ぶことだろう。

文芸評論家の江藤淳氏が、漱石は不器用な男だったと書いた。この不器用とは、他の作家のように女遊びなどできなかったという意味だが、実は私もそう思っている。

例えば森鷗外は、『舞姫』で書いたように、ドイツ留学中に親しくなったドイツ人女性が、わざわざ日本まで鷗外を慕ってやって来たし、島崎藤村のフランスでの情事などもよく知られている。

しかし漱石には、そのようなことはまったくなかった。ロンドンではひたすら勉学に時間もお金も費やし、気が狂ったのかと周囲に心配されるほど真面目に取り組み、精神的にも追い詰められた悲惨な生活をしたという。

ロンドンでの漱石について、祖母はこう言っている。

〈なんでも貧民窟《ひんみんくつ》みたいな安下宿を見つけて、学校へ正式に行くには金もかかるし、また時間もむだになるというので、そこに籠城《ろうじょう》して本を買って、時々教師のところへ通ったと申します。よく手紙に日本から行ったものが淫売《いんばい》を買ったりしているのを惜しがって、その金を自分にくれたらなどと申して来ておりましたが、何もかも切りつめて本を買っては勉強したものだそうです。〉

時間もお金もなかった他にも、漱石は妻の鏡子を心から愛していて女性を買うことなど考えもしなかったに違いない。またそれよりずっと後のことをやはり祖母が左記のように言っている。

〈正月（注・一九一六年）のうちに片方の手が痛いと申しまして、按摩《あんま》をしたりお湯に入ったりしてましたが、いつまでたっても同じような痛みで埒《らち》があきません。……そこで温泉へでも行ってはというので、湯河原へ行くことになりました。

……行きます前に私がついてってあげられればいちばんいいのですが、ちょっと家をあけて子供たちばかり残すというわけにも参りませんから、代わりに看護婦でもお連れになってはと申しますと、考えておりましたが、まあ、よそうよと申します。なぜですかと訊《たず》ねますと、とかく男一人女一人なんてのはいけないからということに、ではなるべく年寄りの看護婦をお連れになったらと言いますと、自分ではこの爺さんにまちがいはないとは思うが、しかし人間にははずみというやつがあって、いつどんなことをしないものでもないからなどいって、とうとう一人で行ってしまいました。

亡くなった後で何かのきっかけでこの話を森田草平さんにいたしますと、先生という人はいつもこれだ、先へ先へと用心して世を渡る人だが、実際妙な癖だと、さもさも行き当たりばったりのことをしないのが惜しいって口調でしたが、やがて、しかし先生はうまいことをいう、はずみが怖いというが、実際男と女との間なんてものは、その時々のはずみだからなと感慨深そうに言ってられたことがありました。」（『思い出』文春文庫）

この森田草平の言葉は彼の『煤煙』事件を思い起こさせる。

以前漱石のロンドンでの生活を読んだ時、私はこんな皮肉なことを考えた。もし彼がロンドンで女遊びでもしていたら、あれほど精神的に追い詰められなかったのではないだろうか。というのは、アメリカの大学で勉強一点張りの真面目な留学生が時に神経衰弱におちいる一方、ガールフレンドでもつくって、勉強もそっちのけで生活を楽しんでいる学生は、ほとんどそんな状態におちいらないことを過去何回か目撃したからである。

それはさておき、私は今まで何度か、夫に浮気されたアメリカの女性が、夫の死後でも浮気だけはどうしても許せなかったと憤怒しているのを見たことがある。女性にとって、貧乏より何より夫の浮気が一番辛いことなのかもしれない。

真面目で、一生妻に忠実だった夫を持った祖母は、心から感謝し、夫の良い面だけを心の奥で持ち続けたのだろう。だから、祖母は、漱石の良い思い出だけを語ってくれたのだろうと、私は勝手に憶測して、夫の浮気からの苦い体験を持たなかった祖母の幸運を嬉しく思っている。

祖母の死

祖母は、私がアメリカに渡ってから十一年後の、一九六三(昭和三十八)年四月に、八十五歳という当時としては高齢で他界した。

もう四十年以上も前のことで、当時は今のように簡単に日米間を往来することができなかったばかりでなく、私は、ちょうどその一週間前に子供を生んだばかりだったので、残念ながら葬儀には出られなかった。

私が最後に祖母と話をしたのは、アメリカへ出発する前のことだった。アメリカからも時々は手紙を出し、たまには、アルバイトで稼いだお金を貯めては、当時の日本では容易に手に入らなかったリプトン紅茶のティーバッグやパウダーコーヒー、チョコレート、ボールペンなどを祖母に送っていた。今だったらもらっても有り難くもない物ばかりだが、五〇年代初めの日本はまだ非常に貧しく、これらの品は貴重品だった。祖母は珍しがって、とても喜んでくれた。祖母からの感謝の手紙もあったが、学生生活から結婚生活を経て、何度か引っ越しをするうちに、そんな大事な手紙もなくしてしまった。

祖母が亡くなった後で姉から、「いつも大勢の人に囲まれて賑やかなのが好きだったお祖母ちゃまに相応《ふさわ》しい大きなお葬式でした。ちょうど同じ頃に貴女の所に健康な赤ちゃんが生まれ、自分の生まれ変わりができたと、お祖母ちゃまもあの世で喜んでいらっしゃるでしょう」という手紙をもらった。

だいたいの日付は忘れている私だが、祖母の亡くなった日、一九六三年四月十八日だけは絶対忘れない。それから四十二年後の二〇〇五（平成十七）年の同日に、私の弟が他界した。まったく迷信深くない私だが、何かの因縁を感じる。あの世で祖母が弟を迎えてくれただろうか。

初孫だった姉を祖母はたいそう可愛がり、早稲田に住んでいた幼い頃は、二、三人の女中さんがついてあちこちに連れて歩いたそうだ。「一体どこのお嬢様だろう」とみなが立ち止まり振り返るので、とても恥ずかしかったと母がよく言っていた。祖母らしい可愛がり方である。

残念ながらこの姉も、十数年前に突然の心不全で他界した。漱石山房復元にあたっては、五歳年上のこの姉が生きていたら、もっとお手伝いができたにちがいない。彼女が一番家の中の様子をよく覚えていたと思うからである。

今生きている中で、一番よく早稲田の家や書斎を覚えているのは、恒子叔母の子供で、春夏冬の休暇のたびに沼津から東京に出て来て祖母の家に泊まった従姉たち、ことに私より二つ年上の従姉だろう。

私が漱石山房で一番よく覚えているのは、入り口の右側にあった棕櫚《しゅろ》の木、それと書斎の中の沢山の本である。数年前に東北大学図書館にある漱石蔵書や、横浜の文学館で棕櫚の木の模型などを見る機会があったが、早稲田の家を懐かしく思い出した。

祖母は三十九歳で二十年間連れ添った夫の最期を看取った後、子供六人を育て上げ、富裕な未亡人として贅沢三昧に過ごし、戦争になってからは貧乏暮らしをした。高低の激しい、一風変わった一生であったことは確かだ。問題も多い結婚だったと思うが、多かれ少なかれどの夫婦にも問題はある。夏目漱石という稀な才能をもつ相手と結婚した祖母は、他の人がしえない体験をしたのだと私は思っている。

第三章

母筆子の思い出

母筆子と祖母鏡子

漱石の弟子の一人、森田草平氏が「先生が鏡子夫人より筆子さんのような人を妻としたらもっと幸福であったかもしれない」と言ったのを覚えている。しかしそれは正しかっただろうか。母は祖母より女らしく、思慮深い人であったかもしれないが、祖母の持つ剛胆さは持っていなかった。

漱石の神経がしばしば異常なほど鋭敏になり、病的に振る舞ったことはすでに述べたが、この病が起こった時は誰に対しても厳しかった。自分に一番近い人としての、妻鏡子への振る舞いが最も激しかったに違いない。

このような夫と暮らせたのも、やはり祖母が豪毅だったためであろう。母のような一般的な女だったらとても務まらなかっただろう。母の口からも、我慢して何度も危機を乗り越えた祖母のことを、「偉かった、自分だったらとてもできなかった」とよく聞いた。

もし漱石が別の女性と結婚しても、最後まで連れ添い、看取ってもらえたかはわからない。最後まで連れ添っただけでも、祖母は悪妻ではなかったと私は思う。

母は祖母に比べて、細やかな神経を持っていた。自分の立場からではなく、相手の立場に立ってものを考えることができた。

些細なことだが、小さい子供たちをお風呂に入れるときでも、時間をかけて丁寧に、目に水が入らないようにとか、こすりすぎて痛くないようにとか、あれこれ細かく気を配った。

一方、祖母は、早稲田や新大久保に住んでいたまだ若い頃は、小さい孫たちが来ると一緒にお風呂に入れて、次から次へとさっさと洗ってくれた。六人もの子供を育てたから、何事にも手早く、経験が豊富だった。もっと後になって、私も大人になってからは、祖母と一緒にお風呂に入って、お互いの背中を流しあった。

料理でも、母は手の込んだ物を、時間をかけて作るのが好きだった。一つは私の父が味の分かる人で、凝った料理を心から楽しんだこともある。母は料理学校にも行き、習ったことを女中さんたちに教えた。また自分が行けない時は女中さんの一人で特にお料理に興味を持っていた人を料理学校に行かせた。祖母は逆に、口に入るものならなんでも満足して食べる人だったように思う。母も「私の母という人は、大体が細かい神経を持たない人なのですが、食物に至っては特にその傾向が強く、熱かろうが冷たかろうが、美味《おい》しかろうが、不味《まず》かろうが、口に入れば結構というのですから、味付の雑な事と申しましたら、てんでお話になりません。」と言っている。（『文藝春秋』昭和四十一年三月号）

私はこの点では正反対だった二人からそれぞれ違った影響を受けたと思っている。

私の人生で一番影響を受けた人は母

母筆子は一九世紀の最後の年、一八九九（明治三十二）年の生まれだ。民主主義という概念など深く考えたこともなかっただろうが、それを身につけて生まれて来たような人だった。社会的地位や年齢の上下、男女の違いなどで相手に対さず、誰が相手でも、尊敬し大事に思っていた人だった。

私の目にはそう映っていたが、ごく若い時はそうではなかったらしい。

母自身の口から聞いたことだが、まだほんの少女の頃、小さい弟の伸六が野球のアンパイアに会いに行くと言ったとき、母はアンパイアという言葉を知らず、「あんぱん屋なんかと遊んではいけません」と言ったそうだ。職業で人を見下すようなことを言ってしまったことを、後々まで恥じ入っていた。

1934年頃。前列左から著者、弟新児、姉明子。
後列左から母筆子、父松岡譲、兄聖一。

当時は階級意識が社会に残っていたということだろう。私が幼い頃でさえ、半ば封建的な社会だったが、母は身をもって人間平等の考えを示してくれた。例えば、父母の家で働いてくれた女中さんたちにも、使用人などと思わず、いつも暖かい思いやりをもって対していた。年老いてすでに他界したが、数年前、長い間勤めてくれた昔の女中さんの一人に久しぶりで会う機会があったが、彼女が、「ママ様は本当に私たちによくして下さいました」と言ってくれ、私がつねづね思っていたことが正しかったと、嬉しく思った。

また最近会った小学校の友人も、「陽子ちゃんのお母様は優しくて、お家に遊びに行くと、よく御馳走して下さった」と言ってくれた。そう言われて、三月三日のお雛様の時など小学校の友だちを何人か呼ぶことができて、母がちらし寿司などを振る舞ってくれたことを懐かしく思い出した。私が長年住んだアメリカ社会は人種のるつぼと言われ、根強く偏見が残っている。長いアメリカ暮らしの中で、人種差別の偏見はしばしば親の態度から習うものなのだと気付いた。

母は、一九二三(大正十二)年の関東大震災のとき、日本人がはげしい偏見で朝鮮人に対したことや、日中戦争の頃に中国人を蔑視したことも、後々まで憤慨していた。両親ともに「日本は中国から多くの文化を取り入れている。尊敬こそすれ、見下すようなことを言うのはもっての他だし、第一上下の関係で人を見てはならない」とよく話してくれた。そんな両親に育てられたお陰で、人間はすべて平等であるという考えを自然のうちに養った。だから世間的に成功した人が、しばしば、自分より地位の低い人を見下すように振舞うのを目撃すると、その人がどのような躾けられ方をされたのかと考えてしまう。

かなり前に、アメリカの大学で知り合った男性に、「貴女は漱石の孫なのに、一度もそれを鼻に掛けたことはない」と言われた。その時私は、言われていることがよく分からなかった。漱石が小説家として名があるのはもちろん知っているが、孫である私が、そのために得意になるとか威張る理由などあるはずもないからだ。

母もまったく同じ考えで、もし私たちが少しでもそんなことで得意になったら、すごく叱られただろう。誰かの子供や孫であるということは、どこかの国に生まれるのと同じく、偶然にすぎない。

功をなした親や祖父母を尊敬するのは理解できる。文化国家に生まれたことに感謝するという気持ちも理解できる。しかし、それを鼻に掛けるという感覚は理解できない。

アメリカ人はときどき"I am proud to be an American."（自分がアメリカ人であることを誇りに思う）と言うが、偶然をどうして誇りに思えるのか、いつも不思議だ。

また、もし自分自身が功をなしても、そのために威張るという感覚もおかしい。国を問わず多くの政治家が傲慢な態度をとるのは、謙虚さが人間の大事な徳の一つであることを忘れているのではないか。

もう二十五年以上も前のことだが、私の息子が某大学に願書を出した時、課題で出されたエッセイが、「今までの生涯で自分に一番影響を与えた人」というものだった。息子は長い間、誰について書こうかと考えていたが、最終的に母親の私について書くことを決めた。それを聞いたとき、驚くとともに感激した。そして私だったら誰について書くだろうと考えたが、やはり母について書くだろうと気が付いた。

母の愛

毎日の母の行動から自然と習ったことに、自分より他人を優先して考え行動すること、自己中心的に振る舞わないことがある。

戦争中は食べる物も不足し、お金があるなしにかかわらず、国民すべてが飢えていた。私たちの家族も例外でなく、家中が空腹で苦しんでいた。母はまだ小さかった弟と妹に自分の分をいつも分けていた。そんなことをしたら母の身体が参ってしまうと、私はひどく心配して、もう少し食べてくれと頼んだことがあった。しかし、食糧がないのは戦争のせいである、理由が分かる大人は耐えるより仕方がないが、戦争のことがよく分からない小さな子供たちを空腹にさせては可哀想だ、と自らは我慢していた。母は自分がしたいという思いだけで、犠牲になっているとは思っていなかった。母の無私の振る舞いを見て、母親の有り難さを知ると同時に、将来、私も同じように、弱者にはできる限りの親切をしなければならないと誓った。

母と選挙

一九四五年、GHQマッカーサーの指令で、女性に初めて選挙権が与えられた。翌年の総選挙で、政府は女性たちに選挙に参加するよう懸命に呼びかけたが、深刻な食糧難の時期には、多くの主婦にとって、選挙権よりも家族のその日の食べ物をどうしたら獲得できるかが一番の悩みだった。だから、選挙などに行っている暇がないと、選挙権を持つことを有り難がるどころかむしろ迷惑がった。

どこの国でも、基本的人権の根本的な要求は、住居と飲料水も含めた十分な食糧である。選挙によって、その要求が得られるのだということに思いが及ばないほど、戦争直後の日本は物資が欠乏していた。選挙権は、単なる贅沢品以外の何ものでもなかったのだ。

私の母も当時はその一人だった。しかし、一九六〇年代に私が日本へ帰国したときには、誰に投票するかどうかで張り切っていた。そんな母を見て、十数年の間で、日本女性が大きく変化したことを面白く思った。日本の社会が女性にとって住みやすくなったことの表れである。

敗戦直後の選挙権をめぐる女性たちの反応を、現在の世界的状況についてあてはめてみるとどうだろうか。食糧難など経験したことのないアメリカの行政指導者が、諸外国に出向き、その国の民のために良かれと思ってしていることが、実は感謝されない場合が多々ある。アメリカのイラク戦争を考えても、暴君サダム・フセインを倒してイラク人政府を建てたが、内戦を引き起こし、いまだに国民は苦しんでいる。

反軍国主義だった母

私が通っていた津田塾専門学校（現津田塾大学）は、戦時中陸軍にその校舎の一部を徴用され、正門に「陸軍○○師団」と書かれた門標が打ち付けられていた。学生たちは本心では嫌だったが、多数は仕方がないと諦めていた。しかし勇気のある数人の寮生が憤慨し、夜中に門標を外し、近くの玉川上水に投げ込んだという事件があった。

翌朝、軍がそれに気づき、犯人を軍法会議にかけるとまで怒ったそうだが、塾長が愛校心からの行動だからと謝り、学生も渋々ながら謝ったそうで、その場はおさまった。

その事件が起こった週末、自宅に戻った私は、母にその話をした。それを聞いた母は、げらげら笑って「よくやったわね」と大いに喜んだ。その話を後になって叔母たちにしたら呆れていたので、姉妹の中で母だけが強い反軍国主義者だったようだ。

戦時中に中学生だった弟は、学校の先生や他の生徒たちから愛国心を煽られていたのだろう。ある日、両親に真面目な顔で「特攻隊」に行きたいと言ったそうだ。彼は幼時から、虫さえ殺せないような優しい性格だったが、自分の国を愛する人が国のために何かしたいと思うのは、これは人間の本能である。しかし、当時の軍国主義は、彼のような純粋で優しい子供にさえ誤った愛国心を植え付けたのである。

もちろん両親は驚愕した。しかし父が静かに「本当に国を愛するなら、今死なない方がいい。これからきちんと教育を受けて戦争が終わってから、よい仕事をすればその方が本当に国のためになる」と諭したという。弟は納得し、特攻隊行きを諦めた。母からそのいきさつをきいた時、冷静な親を持った弟は、本当に幸せだったと思った。

誤った愛国心を持った親だったら、息子を無為に殺していたに違いない。当時いかに多くの若者が無意味な死を遂げただろう。両親の教えの通り、弟は七十四歳で他界するまで、微力ではあったが、何らかの形で日本社会に貢献したと思う。

まだ家族が疎開する前、東京の家の向かいに住んでいた一家の息子さんが戦死した。それを聞いた母が大変気の毒に思ってすぐにお悔やみを言いに訪ねたところ、「お国のためでございます。光栄に思っております」と母親が涙も流さず言ったそうだ。当時の多くの母親は、社会的体面を保つためにそう言わざるを得なかったとはいえ、「息子を亡くしておいてあんなことが平気で言えるなんて」と母は驚く以上に呆れて帰って来た。

この点でも私は大いに母親の影響を受けたらしい。アメリカに暮らしていても、徹底した軍国主義嫌いである。先日も、イラクで戦死した若い兵隊の母親が同じようなことを言ったのをテレビで見ていて、彼女が本気でそんなことを言っているのかと疑ってしまった。息子を失くした後に反戦運動を起こす母親の方がよほど正直だ。

漱石の小品に「戦争から来た行違い」というのがある。漱石の戦争に対する態度が分かる短文である。

〈十一日の夜床《よとこ》に着いてから間もなく電話口へ呼び出されて、ケーベル先生が出発を見合すようになったという報知を受けた。しかしその時はもう「告別の辞」を社へ送ってしまった後なので私はどうする訳にも行かなかった。先生がまだ横浜の露西亜《ロシア》の総領事の許《もと》に泊《とま》っていて、日本を去る事の出来ないのは、全く今度の戦争のためと思われる。従って私《わたし》にこの正誤を書かせるのもその戦争である。つまり戦争が正直な二人を嘘吐《うそつき》にしたのだといわなければならない。

しかし先生の告別の辞は十二日に立つと立たないとで変る訳もなし、私のそれに付け加えた蛇足な文句も、先生の去留によってその価値に狂いが出て来るはずもないのだから、我々は書いた事いった事について取消しをだす必要は固《もと》より認めていないのである。ただ「自分の指導を受けた学生によろしく」とあるべきのを、「自分の指導を受けた先生によろしく」と校正が誤っているのだけは是非取り消して置きたい。こんな間違の起るのもまた校正掛を忙殺する今度の戦争の罪かも知れない。〉（大正三、八、一三。『思い出す事など』岩波文庫）

〈今度の戦争〉とは、一九一四（大正三）年七月二十八日に始まった第一次世界大戦をさす。漱石流のレトリックで、戦争が正直な人間を嘘つきにしたと、戦争非難を行っている。

また「趣味の遺伝」では、友人を迎えに新橋駅に行ったところ、戦勝に酔いしれて、戦場から帰還した将軍（乃木）と兵士を迎えて「万歳」を唱えているところに偶然行き合わせた時の描写と、彼自身の反応を以下のように述べている。この小品は、ロンドン漱石館館長、恒松郁生氏によって英訳されている。

〈万歳の一つ位は義務にも申して行こうと漸くの事で行列の中へ割り込んだ。……しかしその場に臨んでいざ大声《たいせい》を発しようとすると、いけない。小石で気管を塞《ふさ》がれたようでどうしても万歳が咽喉笛《のどぶえ》へこびり付いたぎり動かない。どんなに奮発しても出てくれない。——しかし今日は出してやろうと先刻《さっき》から決心をしていた。……周囲のものがワーというや否や尻馬《しりうま》についてすぐやろうと実は舌の根まで出しかけたのである。出しかけた途端に将軍が通った。将軍の日に焦けた色が見えた。将軍の髯の胡麻塩なのが見えた。その瞬間に出しかけた万歳がぴたりと中止してしまった。……戦《いくさ》は人を殺すかさもなくば人を老いしむるものである。〉（『倫敦塔』岩波文庫）

この作品では多くの兵士が命を落とし、残された者が悲しみ苦しんでいることを詳細に記しており、戦争の無意味さに対する漱石の強い批判が表されている。母の戦争嫌いは父親漱石から受け継がれたものに違いない。

戦勝に多くの国民が酔いしれているとき、戦争に対する反対意見を堂々と書いた漱石に感銘を受ける。文部科学省や教育委員会が日の丸や君が代を国民に強制する現代の日本を、漱石は一体どう思うだろうか。

また『三四郎』でも、以下のように広田先生に言わせている。

〈「こんな顔をして、こんなに弱っていては、いくら日露戦争に勝って、一等国になっても駄目ですね。……あなたは東京が始めてなら、まだ富士山を見た事がないでしょう。今に見えるから御覧なさい。あれが日本一の名物だ。あれより外に自慢するものは何もない。ところがその富士山は天然自然に昔からあったものなんだから仕方がない。我々が拵《こしら》えたものじゃない」……三四郎は日露戦争以後こんな人間に出逢うとは思いも寄らなかった。

……

「しかしこれからは日本も段々発展するでしょう」と弁護した。すると、かの男は、すましたもので、

「亡《ほろ》びるね」といった。――熊本でこんなことを口に出せば、すぐ擲《な》ぐられる。わるくす

ると国賊取扱《こくぞくとりあつかい》にされる。……

「囚《とら》われちゃ駄目だ。いくら日本のためを思ったって贔屓《ひいき》の引倒《ひきだお》しになるばかりだ」〉（岩波文庫）

これも当時の戦勝に酔った日本の状態を憂え、上っ面の誤った愛国心の真実を、漱石が書いている箇所である。われわれの年代層は、実際に敗戦を体験し、戦争の惨めさを知り尽くしているが、漱石はその体験がない。しかし戦勝に酔いしれた人々をみて、恐れもなく非難している。漱石が書いた「亡びるね」という部分は、数十年後の太平洋戦争敗戦で事実となった。そしてその主な原因は、軍部とそれを支持する国民の高慢であったと思う。今後また軍国主義が戻らぬかは、国民全体の努力が必要であろう。

アメリカでも、二〇〇一年九月の同時多発テロの後、政府の行き過ぎを憂えた人々に対して、ブッシュ大統領が愛国心の欠如であると強く非難していた。

その状況を目の当たりに見て、百年前の漱石の言葉が現在でも通用するからこそ、漱石文学は不朽で、現在でも多くの読者を持つのだろう。

漱石の徴兵忌避

漱石と戦争について書いたので、ここで漱石の徴兵忌避についても触れておこう。

漱石は一八九二（明治二十五）年四月、二十四歳のときに徴兵を忌避するため、北海道に籍を移し、二十数年後（伝記によって正確な年が違う）にまた東京府に戻った。母がまだ小学校低学年だったとき、先生が国民はお国のために尽くさなければならないと授業で話をされた。その時、母はわざわざ手を上げて、「私の父は兵役を逃れるために北海道に籍を移しました。これは良くないことですね」と言ったそうだ。先生は困り、「でも貴女のお父様は物を書いてお国のために尽くしていらっしゃるから、いいでしょう」と言ったということだ。どうしてあんないらないことを言ったのだろうと自分でも不思議に思っていた。普段母はどちらかというと消極的な人だったから、その話が印象に残っている。それはともかく、この先生は真実を言ったと今の私は思っている。現在日本文学で英訳されているものでは、漱石の作品が一番多く、大学で日本文学のクラスを受けると、学生は必ず漱石のものを読む。今は退官したが、長い間三百人もの学生に日本文学を英語で教えていた同僚が、現代文学のクラスで自分の好きな作品を選んでペーパーを書かせると、毎年クラスのほとんど三分の一の学生が『こころ』について書くと言っていた。親しくしている中国語とフランス語の教授も『こころ』は素晴らしいと、この作品に傾倒していた。母の先生が言ったように、この点で漱石はいまだに、国のために尽くしていると言える。

ヴェトナム戦争のときも、かなりの数の若者が徴兵を逃れるために、カナダに移籍した。時代は違うが、この時私は、若い漱石の徴兵忌避を思い起こした。

反戦思想で思い出すのは、芥川龍之介の『侏儒の言葉』の中の「小児」という短文である。

〈軍人は小児に近いものである。英雄らしい身振を喜んだり、いわゆる光栄を好んだりするのは今更ここにいう必要はない。機械的訓練を貴んだり、動物的勇気を重んじたりするのも小学校にのみ見得る現象である。殺戮《さつりく》を何とも思わぬなどは一層小児と選ぶところはない。殊に小児と似ているのは喇叭《らっぱ》や軍歌に鼓舞されれば、何のために戦うかも問わず、欣然《きんぜん》と敵に当ることとである。

この故に軍人の誇りとするものは必ず小児の玩具に似ている。緋縅《ひおどし》の鎧《よろい》や鍬形《くわがた》の兜《かぶと》は成人の趣味にかなった者ではない。勲章も――わたしには実際不思議である。なぜ軍人は酒

にも酔わずに、勲章を下げて歩かれるのであろう?〉(岩波文庫)

さすがに漱石の弟子だ。彼の軍人批評は痛烈である。漱石が表面の名声を退け、博士号を辞退したことは、芥川の勲章批判とどこか精神が通底している。

また、『思い出』には、次のようなことも書かれている。

〈「虞美人草」を書きかけている最中、総理大臣の西園寺《さいおんじ》さんが、有名な文士を招じて、一夕の雅宴を開くという例の雨声会の招待が夏目のところにも参りました。こんなことはめんどうくさい夏目は、すぐにはがきにお断わりの句を書きました。それは

時鳥厠半《ほとゝぎすかわやなかば》に出かねたり

というのですが、ちょうどそれを書いてるところに、私の妹婿の鈴木が参りまして、それを見て、相手は西園寺侯ではあり、はがきとはあんまりひどいじゃないかとかなんとか言っておりましたが、本人いっこう平気なもので、ナーニこれで用が足りるんだからたくさんだよとかなんとか申して、それを投函《とうかん》してしまいました。〉

漱石は、人の身分の上下など顧みず、人間平等の考えがあったのだと思う。母はこんな考えを、父親から自然に受け継いだのかもしれない。

戦前のことだが、インテリの若者たちが社会の不平等などを案じ、左に傾いた時期があ

った。その様子をみて母はこんなことを言っていた。

「彼らの若い熱情からの左傾はぜんぜん心配しない。純粋な気持ちで社会が平等でないことを案じて左翼に走るだけだ。そういう若者たちは年とともにその熱情も収まり、危険なことはしない。それより極端な右翼の方がずっと怖い」

ブッシュ政権になってから、右傾化したアメリカの状況をみながら、私はよく母の言葉を思い出す。イラク戦争を始め、いまだに支持しているのも右派タカ派の人々である。

彼らは外交よりまず攻撃を選ぶ。また、自己防衛のために拳銃所有を公認する大昔の憲法を、あくまで保持する。また極端な宗教右派の中には、中絶反対のあまり医者を殺害した例もある。

もちろん、キリスト教徒の多いアメリカと違って、日本では中絶が政治的大問題にはならないだろうし、拳銃所有も公認しないだろう。しかし、前の戦争で日本が犯した罪に目をつぶり続けるところなど、一体右翼には良心がないのかと呆れてしまう。これで文化国家といえるのだろうか。七十年も前に見抜いた母の眼力は鋭い。

お金に縁のなかった母

祖母は漱石の死後、印税収入があり、母の弟妹たちもその恩恵を被り、かなりの贅沢ができた。長男純一は小さい頃からヴァイオリンが割に上手だったそうで、中学を卒業してすぐヨーロッパまで勉強しに行った。次男伸六は、夏休みに兄に会いに、シベリア鉄道でドイツまで行ったという。今と違って七、八十年以上も前の日本では、外国旅行など大変な贅沢であった。

叔父純一は、初めドイツに留学したが、後にハンガリーのブダペストに移り、十年以上もヨーロッパで過ごした。彼が日本に戻ったのは、第二次世界大戦勃発後のことである。戦後しばらくして、五〇年代初めの頃だったと記憶しているが、ブダペストで叔父と知り合いだった旧貴族が東京にやって来たと、叔父から聞いた。

私は最近ブダペストを旅したが、昔の貴族の立派な家屋をみたとき、叔父の贅沢だった暮らしぶりを想像した。叔父は、戦争中になって、食べる物もろくになくなってきた時に、白いトーストにバターをつけて食べることができたら、死んでもいいと言っていた。今ではありふれたものだが、当時の日本では贅沢の極みであった。白いトーストを見ると今でも当時の貧乏だった日本を思い出す。

栄子叔母は若い時体が弱かったので、祖母が鎌倉材木座に一軒家を持たせ、一人の女中さんと住んでいた。夏休みになると、私たち姪甥は、よく彼女の家に遊びに行って、何日も泊まって海で泳いだ。

新大久保に祖母の家があったとき、二人の叔母たちは、流行の最先端だったパーマネントをかけに、伊勢丹の美容院によく出掛けていた。家から車で向かったので私はときどき付いて行った。当時のパーマは、髪に液体を付けた上で電熱をかけたので非常に熱く、美容師が団扇《うちわ》でずっと扇いでいた。外国から入ったばかりで、かなり高価だったに違いない。

母の弟妹たちは父親の印税の収入のお陰で、このようなゆとりのある生活をしていた。しかし、漱石が生きている頃の夏目家は慎ましく暮らしており、長女であった母は、いつも小さい弟妹たちの世話におわれ、贅沢一つしたことはなかったという。

結婚してからも、私の父の松岡譲は大衆小説のようなお金儲けができる作品は何一つ書かなかったから、家はいつも貧乏だった。晩年、漱石が著名になってからも自分の家が買えなかったぐらいなので、それほど有名でなく、寡作だった父の収入が少なかったのも、よく分かる。母はもともと貧乏に生まれついた人だったに違いない。

アメリカに"born a silver spoon in his mouth"（銀の匙をくわえて生まれて来た）という表現があるが、金持ちに生まれついたという意味で使われる。母はその真逆の人であった。割り箸でもくわえて生まれてきたのだろうか。貧乏とは言っても、中流階級のしきたりとして、何人かの女中さんを使っていたから、家計のやりくりも大変だったに違いない。大学で、学生と『門』を読んだ時、こんなことがあった。主人公の宗助の家庭は貧乏で、靴一足買うにも躊躇するのに、どうして女中など雇うお金があるのか、と学生は不思議がった。アメリカでは、よほどの富豪でもなければ、住み込みの女中さんなど雇わない。アメリカの家は大体において、日本の家より大きく埃もたたないから、家庭での掃除はたいてい週一回、その時にお掃除を手伝ってくれる人を雇うのが普通だ。

昔の日本では、地方の農家で貧しく子だくさんだったりすると、食べさせるのも難しく、娘を都会の中流階級の家庭に奉公させるしきたりがあった。三度の食事が出る代わりに、給料も安かったに違いない。

私の家で働いてくれた女中さんのうちの何人かは、女学校を出て教育もあった。彼女たちの場合は、ある種の花嫁修業のような意味があった。結婚前の娘を、都会の良い家庭に奉公させ、お行儀や丁寧な標準語を習わせたのだ。

家に来た当初は方言しか話せなかった彼女たちが、二カ月もすると敬語も習い丁寧な言葉遣いをするようになるのは、私のような子供が見ていても驚くほどだった。

女中さんの一人は大変な読書好きで、文学の嗜《たしな》みがあった。それで私の父が良い作品しか書かないと喜んでいた。当時の大衆作家の中には、いやらしい作品ばかり書く人が多いと言って、いくら給料が高くてもそういう家では奉公したくないと、父贔屓なことも言ってくれた。

彼女たちは数年間我が家にいた後に結婚し、よい家庭を持って、ときどきは訪ねてきた。一人は沼津で家庭を持ち、戦中戦後の東京の食糧難の時には私を呼んで、美味《おい》しいお魚を御馳走してくれた。

戦争が激しくなると、女中さんも一人、二人と自宅に帰り、また工場で働かされたりと、誰もいなくなった。私が女学校の上級の頃だった。それまでの母は、ご飯を炊いたり味噌汁をつくるという、日常食の基本的な料理の仕方さえ知らなかったそうだ。中流家庭の娘とはそういうものだったらしい。四十歳もかなりすぎ、母は初めて煮炊きを始めたが、それはさぞ大変なことだったろう。私はそんな母が気の毒でならず、女中さんがいなくなってからは、掃除や料理などできるだけ母を手伝った。そのお陰で、簡単な家事は若いうちから自然に習い、後年どこに行っても苦労しなかった。

戦争がもっと激しくなってからは、弟と妹がまだ小さかったので父母は父の生まれ故郷の新潟に疎開した。その時母は山に行って薪を拾い集め、重い荷を背負って家まで帰り、それで炉端でお料理を作ったそうだ。かなりの年になって生まれて初めての経験だった。また、都会育ちの母にとっては、農家の近所との付き合いも初めてのことだった。

時には、自分の着物をお米に替えて、家族の食卓に食べ物を提供した。「漱石のお嬢さんであるお母様が、よくそんなことがおできになりましたね」と人に言われたこともあったが、そうしなければ生きて行けなかった時代であったのだ。母でなくても誰でも、大勢の人がそうして生きたのである。

母の教育方針

母はいつも子供たちの教育に関心を持っていた。励ましはしたが、無理に押しつけることはなかった。相応に努力すれば満足してくれた。母からプレッシャーをかけられたことはなく、心理的に平和な少女時代を過ごすことができた。
私の教師経験からいうと、一番でなければ満足できないという学生も時にはいた。そういう学生は競争心が強く、常に他の学生と張り合い、いくら学業で優秀でも、周りの人には好かれなかった。たぶん幼い時から、親から過度の期待を受けていたのだろうなと推測した。

母は、他の誰と比べるというのではなく、一応のことをきちんとすれば喜んでくれたので、私は母を喜ばせたくて勉強した。例外はあるだろうが、たいていの子供にとって、最初から勉強が楽しいわけはない。やっているうちにだんだんと面白くなっていくものではないだろうか。私の場合は、母に喜んでもらいたいという希望から出発するうちに、だんだんと勉強が面白いと思い始めた。親が子供に心から興味を示し、励ませば、子供は自然と力を出すものだ。励ますということがいかに大事か、身をもって知った。だから、教師になってからもいつも学生を励ますように努めた。

漱石も友人の励ましについてこのように書いている。〈君が僕を鼓舞してくれるから今にもつと肥つた所をかいて御目にかける現在の顔は此位だ。〉（明治三十八年二月二日、友人土井晩翠あての書簡）。人生での励ましがいかに大切かということを、この文はよく表して

1940年頃、左から姉明子、妹末利子、母筆子、著者。

いる。

また母は子供を信じてくれた。親があまり厳しいと子供は嘘をつく。母は、嘘をつかれるのが厭《いや》だから、あまり厳しくしたくないと言っていた。本当に親から信じられると、子供はかえって悪いことができなくなる。

母は、子供たちに絶対体罰を与えなかった。小さい子にそんな残酷なことはできないと、いつも言っていた。だから、私も子供に体罰を加えたことはない。つまり私は今でも母の育て方に感謝をしている。

母の勧めで津田塾に入学

母自身の行動以外にも、母の忠告に従って良かったと思うことがいくつかある。

その一つは津田塾に行ったことである。

戦争の最中、狭量な軍国主義者たちは、英語は敵国語だから習うべきでないと愚かなことを唱えていた。学生が電車の中で、英語の教科書でも開こうものなら、国賊と呼ばれた時代であった。

女学校時代に英語を勉強する楽しみに開眼した私に、「津田塾へ行ってもっと勉強したら」と勧めてくれたのは母だった。私の周囲には、今頃英語を勉強してどうするのだと言う人もいた時代だ。

残念ながら二年少々で学校工場に動員されるようになり、英語の実力はつかなかった。しかし、二年でも英語を勉強したことで、卒業後はいくらでも仕事があった。英語を学んだ人が少なかったからである。

またその後、奨学金がとれてアメリカの大学で学び、卒業後も好きな仕事につけたのも、あの時、私を後押ししてくれた母のお陰だと思っている。

学校工場で働きながら、昼夜を問わずやってくる空襲のたびに、一緒に防空壕に逃げこんだクラスメートとは、大げさでなく生死をともにした。半世紀以上経った今でも、彼らとは仲良くしている。母の勧めに従わなかったら、私の人生はまったく違ったものになっていただろう。

私の母は音楽が好きで、ピアノがかなり上手だったらしい。本人は女学校を出てから、音楽学校へ行きたかったそうだが、漱石を亡くした直後の祖母が、女の子は早くお嫁に行くのがいいという古い考えを持っていたので、母は進学を諦めたという。

そういう経緯があったので、私が津田塾に進学する時に姉は「お祖母ちゃまが厭がるわよ」と心配してくれたが、孫の代になるとまったくそんな顔は見せなかった。私が祖母に津田塾入学を伝えると、「そう言えば津田梅子さんが毎日家の前を通ったのを覚えているよ」と話してくれた。津田梅子が麹町に女子英学塾を創立したのが一九〇〇（明治三十三）年九月、漱石が英国に留学するため日本を出たのが同じく一九〇〇年九月。一九〇三年一月に漱石が帰国するまでの二年間と少しを、祖母は麹町にあった父親の官舎に身を寄せていた。官舎は女子英学塾の近くにあり、祖母が津田梅子を毎日見かけたというのは、その時のことだったに違いない。

母とピアノ

母は、自身の若い頃の夢がかなえられなかったことから、自分の娘には高等教育を受けさせたいと思っていたそうだ。彼女はよく、女性も何か手に職をつけておくべきだとも言っていた。使わないですむなら趣味として楽しめばいいし、いざという時がくれば、その特技があれば女性でも生活を営んでいく自信を持つことができると言っていた。

音楽学校でピアノを学んでいたら、母の生活はもっと楽しかっただろうし、経済的な助けにもなったろう。父は音楽にまったく興味なく、ピアノをうるさがったとかで、家にはピアノがなかった。母はせめて娘にと、私に小学校低学年の頃にピアノを習わせた。

しかし、家にピアノがなかったので、近くの幼稚園のピアノを借り、毎日そこまで連れて行って指導してくれた。母はなかなか厳しい先生だったが、お陰で上達は早かった。

しかし、家にピアノはないし、また引っ越しでピアノを使える場所もなくなり、その上女学校の入学試験勉強でとうとうお稽古を止めてしまった。自分の人生で大体好きなことをしてきたので、後悔することはあまりないが、ピアノを止めたことだけは今でも残念に思っている。特に、視力が衰え読書もままならない今、ピアノが弾けたらなあ、と思う毎日である。

母が勧めた習い事

母に勧められて習ったことに、和裁と洋裁がある。戦後東京を離れ、家族が疎開した新潟に少時身を寄せたとき、和裁を習った。

お弁当を持って先生の家へ行き、四、五人の若い人たちと一緒に、朝から夕方まで、肌《はだ》襦袢《じゅばん》から綿入れまで順々に習っていった。今では裁《た》ち方も縫い方もすっかり忘れてしまったが、毎日着物を着て通った和裁のお稽古のお陰で帯も結べるようになった。アメリカに行ってからも、時々、若い人が着物を着る時など手伝ってあげたりした。

また、私にとっては、地元の若い女性たちと親しくなる機会でもあり、よい経験だった。数年前にロンドンで講演をする機会があったが、テレビのニュースで私を見たからと当時の和裁仲間から、手紙をもらい、大変懐かしかった。

また和裁を習った後は、長岡から新潟市まで毎日汽車で通って、タイピングを習った。これも母の勧めである。学生時代に少しは習ったが、ものにはならなかったので、新潟でタイプの学校に三カ月ほど通ったお陰で、身につけることができた。その後東京に戻ってからは、お陰でいつも仕事があった。英語で身を立てようと思ったら、タイプができなければ、どこも傭《やと》ってくれなかったからだ。

また、新潟から東京へ戻ってから二年間ほどは、洋裁学校に行った。これまた母の勧めである。簡単な下着やブラウスから始めて、裏付きのジャケット、コートなど、二年の間になんでも縫えるようになった。当時はドレスアップしたくても、戦争直後で既製服などまだあまりない頃で、自分で縫うしかおしゃれもできなかった。その上良い布地《きれじ》もなかなか手に入らず、着物や古い洋服などをほどいて仕立て直した。先生はフランスのデザイナー仕込みで、大変センスのいい女性であった。洋裁だけでなく、スマートなセンスも磨いてもらった。それで、アメリカに来てからも、よく「ウェルドレスド」だと褒められた。

この先生は当時の物資欠乏をよく心得ていて、古いものの繕《つくろ》い方まで親切に教えてくれた。私はスタイルの古くなった上等なウールのコートをほどいて、ジャケットに作り直したりもできた。

アメリカに住むようになってからも、長年自分の着るものは全部作ったし、友人や義理の祖母、母にも作って喜ばれた。これもまた、元はと言えば母のお陰である。だから今の私はすべて母のお陰で存在していると言ってもいい。母の影響は、誠に大きいものだとことあるごとに感じている。

母の死

母は一九八九年の七夕の日に、九十歳という高齢で他界した。私はその翌年の春に他界した夫の看病で家を離れることができず、葬儀にも出られなかった。

日本では「夜爪を切ると親の死に目に会えない」という迷信があるが、私は両親の死に目に会えないどころか、どちらの葬儀にも出席できなかった。たぶん私は何度も夜爪を切ったのだろう。

父は一九六九年に七十七歳で、突然脳出血で逝った。父の死後に母は二十年もの間、生きたが、最後の数年は、妹に献身的に世話をしてもらって余生を過ごした。離れて暮らしていた私は、何もできず申し訳なく思ったが、どうすることもできなかった。

私が最後に母と会ったのは、他界する三年前の一九八六年のことだった。大学の仕事で八四年から八六年まで東京に滞在した。その間、週に一度は妹の家へ行ったが、母は少々惚け始めていて、妹と私の見分けがつかないことがよくあった。

そんな状態でも母はいつも丁寧な言葉遣いで、私たちは「お育ちがいいのね」などと冗談交じりに笑っていた。当時の母は寝たきりで、不便を感じていただろうが、怒ったり威張ったりすることがまったくなく、ちょっとのことでもいつも感謝し、遠慮がちの人だった。祖母のような剛胆なところはまったくなく、むしろ苦労性の方だった。最期は妹夫婦のお陰で、経済的な心配もなくあの世に行けて、私は心から感謝している。

終わりに

思いつくままに、家族の思い出を書き綴ってみた。

本書では、祖母夏目鏡子が語り、私の父松岡譲が筆録した『漱石の思い出』から、いくつか引用した。『思い出』は最初、雑誌『改造』に発表されたが、〈雑誌に発表された当時、読者の予期しない事実などが余りに赤裸々に物語られてゐるところから、語る人も語る人なら書く者も書く者だ、少しは手加減したらよかりさうなものだのにといふやうな非難を聞いた事もあつた位です。がそこにこそ本書の価値がかかつて居るのはいふ迄もありますまい。〉と父が〈編録者の言葉〉で述べているが、これには私も全く同感である。

父はまた〈夫人の目に映じた人間漱石の姿が、やさしい真実の魅力のうちに、生々と物語られ伝えられている〉とも書いている。どんな本でも読者によって受け方が違うものである。私自身がこの本を読んでまず受けた印象は、終始一貫した、漱石と妻鏡子の夫婦間の暖かい愛情である。一生治らない病気だとの医者の診断を受けて、しばらく里に戻っていた鏡子が決心してまた漱石のもとに戻り、漱石が死ぬまで連れ添い、時たま勃発する激しい精神の病の症状にもかかわらず、お互いに最後まで愛し続けていたことが、『思い出』に非常に明瞭に表されていると私には思えるのである。漱石を尊敬するあまり、彼の病気に目を塞ぎ、妻鏡子ばかりを非難する人が昔も今もいると聞くが、それは真実を否定することに他ならない。

私がいつも驚くのは、漱石文学は、他の作家の追従を許さないほど終始一貫して健全であることである。英語に sane という形容詞がある。それは日本語の「健全」ということだが、sane の反対は insane、すなわち「狂気」ということである。時折のひどい鬱病に悩まされたときの漱石は、まるでそのように振る舞ったと家族の皆が証言しているが、その最中に書いた作品でも sane つまり常に健全であった。そしてその健全さのために彼の文学が死後九十年以上経った今でも、多くの読者を持つ理由であると私は信じてやまない。

漱石の文学はいくら読んでも飽きることがなく、読めば読むほど、新しいことを発見する。百年近く前に書かれてはいるが、人間の心理は少しも変わっていない。普遍的な人間性がどの作品からもにじみ出ている。だから現在でも多くの読者の共感を得られるのだろう。

小説にしろ、小品にしろ、漱石の作品はどれも、一つ一つの短い文に意味がこめられ、無駄のない文章で成り立っている。だから、私のアメリカ人の学生でも、上級になると、難しい漢字を辞書で引きさえすれば、漱石文学、ことに後期の平坦なスタイルのものがあまり苦労せずに読めるようになる。

漱石の後期の作品は、どちらかというと陰気な内容でありながら、読者の気を滅入らせることなく、何度でも繰り返し読むことができる。『道草』で描かれる子供時代の体験などは、たいそう惨めなもので、幼い健三に心から同情を寄せながらも、暗い気分にはならない。これは作家としての特別な才能に違いない。

序でも書いたように、この原稿はポーランドでの講演を元にしている。ここで、かの国の学者の方々が漱石文学に深い興味を示してくれたことに感謝したい。

次に京都の茶道家でもあり漱石の研究家でもある丹治伊津子氏からは、数多くのたいへん有意義な情報をいただいた。彼女は「漱石サロン　ランデエヴウ」という漱石読者にとっては必読のブログも持っていられる。ここに心から感謝の意を表したい。

最後に編集を受け持ってくれた宇佐美貴子氏にも感謝したい。

今年で五十五年の外国生活になるが、日本での家族との思い出は、何と言っても懐かしい。漱石、祖母鏡子、母筆子からは、それぞれの人生を通して大事なことを習ったことを感謝しながら、この書を終わりたい。

松岡陽子マックレイン

二〇〇七年七月

松岡陽子マックレイン

1924年東京生まれ、父、作家松岡譲、母、夏目漱石の長女筆子。1945年津田塾専門学校（現在津田塾大学）卒。1952年ガリオア（現在フルブライト）資金で米国オレゴン大学に留学。当地で結婚、そのままオレゴン州ユージン市に残る（夫Robert、1990年に死去）。一男出生後、大学院に戻り比較文学専攻。1964年から1994年まで30年オレゴン大学アジア言語文学部で日本語、近代文学の教鞭をとる。現在オレゴン大学名誉教授。主な著者に『Handbook of Modern Japanese Grammar』『漱石の孫のアメリカ』『孫娘から見た漱石』『退職後の人生をオシ愉しむアメリカ人の知恵』『英語・日本語　コトバくらべ』など。

朝日新書
070

漱《そう》石《せき》夫《ふ》妻《さい》　愛《あい》のかたち

2007年10月30日第1刷発行

著者　松岡陽子マックレイン

発行者　岩田一平
カバーデザイン　アンスガー・フォルマー　田嶋佳子
印刷所　凸版印刷株式会社
発行所　朝日新聞社
〒104-8011　東京都中央区築地5-3-2
電話　03(3545)0131(代表)　振替　00190-0-155414

ISBN 978-4-02-273170-8
定価はカバーに表示してあります。